「十四五」国家重点图书出版规划项目

王士燮译文集 第一卷

叶夫根尼·奥涅金

Евгений Онегин

[俄] 亚历山大·谢尔盖耶维奇·普希金 著

王士燮 译

黑龙江大学出版社
HEILONGJIANG UNIVERSITY PRESS
哈尔滨

图书在版编目（CIP）数据

王士燮译文集．第一卷 /（俄罗斯）亚历山大·谢尔盖耶维奇·普希金著；王士燮译．-- 哈尔滨：黑龙江大学出版社，2023.4
ISBN 978-7-5686-0138-2

Ⅰ．①王… Ⅱ．①亚… ②王… Ⅲ．①俄罗斯文学－作品综合集②诗体小说－俄罗斯－近代 Ⅳ．①I512.11

中国版本图书馆CIP数据核字（2020）第266596号

王士燮译文集·第一卷
WANGSHIXIE YIWENJI·DI-YI JUAN
叶夫根尼·奥涅金 [俄]亚历山大·谢尔盖耶维奇·普希金 著
YEFUGENNI·AONIEJIN
王士燮 译

责任编辑	张微微
出版发行	黑龙江大学出版社
地　　址	哈尔滨市南岗区学府三道街36号
印　　刷	三河市铭诚印务有限公司
开　　本	720毫米×1000毫米 1/16
印　　张	17.5
字　　数	235千
版　　次	2023年4月第1版
印　　次	2023年4月第1次印刷
书　　号	ISBN 978-7-5686-0138-2
定　　价	65.00元

本书如有印装错误请与本社联系更换。

出版说明

文化交流是中俄两国进行经济、政治以及其他领域深层次交流的重要基础和前提，是两国寻求更深层次合作发展的重要途径之一，具有极为深远的当代价值和意义。为了进一步服务中俄合作领域的哲学社会科学研究，为我国文艺作品繁荣发展、中俄文化交流以及"一带一路"建设贡献积极力量，我社结集出版了王士燮先生的俄罗斯文学经典翻译作品。

王士燮先生为我国资深俄苏文学翻译家，在俄罗斯文学翻译领域具有深厚的积淀和学养，此次结集出版的翻译成果有《叶夫根尼·奥涅金》《死魂灵》《烟》《青年近卫军》《普希金传》等经典译本。

译文集多数篇目由原始版本辑录。对于个别原始版本中的前言、后记、附录等内容，并非俄文原版图书内容的，均不收录，译者本人所写译者序等予以保留。

丛书旨在突出译者翻译作品的原貌，故在编辑过程中，只对作品中会影响读者理解的明显讹误进行了订正；考虑到翻译版本年代久远，对于个别词形、人名以及事件名称的表述，我们以现有的文字规范和译名规范为准；除作者原注外，亦保留译文在初次出版时的译者注，供读者参考。

出版前言

在整个中国翻译界，黑龙江的文学翻译是一个独特的景观。大批俄语文学翻译家在此诞生，得以培养，其人数之多，翻译作品之繁盛，都蔚为大观。虽然由于地理位置特殊，有些成就很大的翻译家在国内的名气未必高扬，但细察他们的成就，却令人感叹不已。

黑龙江俄语翻译人才的成长，离不开一所学校。1944 年，周恩来同志提出了为新中国准备外语干部的要求，积极主张加强外语人才的培养工作。中央决定将中央军委俄文学校扩建为包括俄文系和英文系的延安外国语学校。1946 年初，党中央从培养俄文军事翻译的实际需要出发，决定把延安外国语学校迁至哈尔滨复校。1946 年 11 月 7 日，东北民主联军总司令部附设外国语学校正式成立。学校是军事干校性质，专门培养军政翻译。1948 年底，东北全境解放，东北民主联军总司令部附设外国语学校改归东北局和东北人民政府领导，改名为哈尔滨外国语专门学校，成为当时培养革命俄文干部的主要阵地。1953 年，我国大专院校进行调整，哈尔滨外国语专门学校改名为哈尔滨外国语专科学校，归高等教育部领导。1956 年，哈尔滨外国语专科学校更名为哈尔滨外国语学院，这所学校也就是现黑龙江大学的前身。许多著名的翻译家就毕业于原来的哈尔滨外国语专科学校，如赵洵、李锡胤、郝建恒、徐昌汉、王士燮、姜长斌、高文风、刁绍华、张会森、王育伦、孙维韬、王忠亮、赵慧晨、甘雨泽、黄树南、宋嗣喜、金亚娜等。

王士燮先生从 1955 年起就开始从事翻译工作，经验丰富，治学严谨，成果显著。王士燮先生曾先后参加一系列重大翻译项目，是翻译苏联科学院编《俄语语法》(共3卷)的骨干学者。在20世纪60年代，翻译出版了阿克肖诺夫的《带星星的火车票》,反响很好,这使其深受鼓舞,决心在翻译事业上下一番功夫。早在1963年9月,他就译出了普希金的《叶夫根尼·奥涅金》初稿,“文革”开始后译稿搁置。1970年,王士燮先生在插队的时候,于农忙之余又对初译稿进行了逐字逐句的推敲,最后定稿是在1979年,1981年12月由黑龙江人民出版社出版。该书于1991年由浙江文艺出版社推出修订版,其最显著的艺术特色便是它的抒情性,作品中始终贯穿着诗人自己的形象,贯穿着作者的声音。这种特点集中体现在作品中27处之多的“抒情插笔”,其中,有作者对人物的贬褒,有对事件和场面的评论,有对往事的追忆;有的严肃庄重、富于哲理,有的尖锐激烈、锋芒毕露,有的诙谐幽默、妙趣横生,有的画龙点睛、入木三分;有些“插笔”与人物和情节的发展息息相关、丝丝入扣,有些“插笔”看似与人物或事件无关,其实并未离题。正是这些多角度多层次的“抒情插笔”,扩大了作品的容量,深化了作品的内涵,加强了作品的感染力。和其他的译本相比较,王士燮先生的译本不追求诗歌形式上的相似,而是以能够表达作者原意为主旨,无论是从理解深度上,还是从语言风格上,王士燮先生的译本都被公认为我国已有的五种译本中较好的译本,在1987年的“苏联诗歌翻译座谈会”上博得好评。《苏联文学》杂志中报道此次座谈会的文章将王士燮先生列为我国苏联诗歌翻译的第三代译者,名列第二。王士燮先生翻译的多部文学经典作品在国内影响深远,为俄语文学翻译领域学者提供了重要参考和借鉴。

王士燮先生还从事翻译理论研究,不断总结自己多年来的翻译经验,已发表论文《从翻译标准到翻译学》、《文学翻译的特殊要求》和《谈译者风格》等。

本文集收录了王士燮先生一生翻译的多部成果,包括《叶夫根尼·奥涅金》《死魂灵》《烟》《青年近卫军》《散文的诗意——巴乌斯托夫斯基散文集》《梅花鹿——普里希文散文集》《普希金传》等,旨在全方位展示王士燮先生在俄罗斯文学翻译领域的深厚积淀和学养,进一步服务于中俄合作领域的哲学社会科学研究，为我国文艺作品繁荣发展、中俄文化交流以及“一带一路”建设贡献积极力量。同时，本文集中的翻译作品，为国内语言学工作者以及渴望提升俄罗斯文化积淀的专业读者提供了全面丰富的文献资料，为加强中俄文化交流、促进中俄关系的健康发展提供了重要支撑，具有良好的社会效益和学术价值。

目　录

他既崇尚虚荣，又
玩世不恭：同样坦然地
承认自己的善行和卑劣
——出于臆想的超人感。
摘自私人书简①

无心取悦高傲的上流社会，
偏爱知己的欣赏，
谨向你献上友谊的保证，
愿它无愧于你的高尚：
你有光风霁月的胸襟，
你有神圣的幻想，
你思想崇高，性格朴实，
你诗韵明丽奔放。
好，请伸出你偏爱的手，
拿去这驳杂的篇章：
半是荒唐，半含悲伤，
或流于俚俗，或驰骋理想，
都是游戏笔墨，信口成章，
每当失眠，凭借灵感，

① 题词原文为法语，可能引自斯塔尔夫人（1766—1817）的《法国革命之我见》。——译者注

记下了幼稚和衰老的时光、
头脑冷静的观察
和内心痛苦的印象。①

① 献诗是在第四、五章发表时写的，注明献给彼·亚·普列特尼约夫（1792—1865）。他是普希金好友，诗人兼批评家，为普希金出过作品，一起办《现代人》杂志。1837 年《叶夫根尼·奥涅金》再版时将普列特尼约夫的名字删掉。——译者注

第一章

活得匆忙，急于感受。

维亚泽姆斯基①

一

“我叔父最讲究规矩，
风烛残年，卧床不起，
要我去孝敬他老人家，
亏他想得出这好主意！
他一言一行都叫人效法，
可是天哪，叫我寸步不离，
日日夜夜守着病人，
这是多么无聊的把戏！
给病危的人消愁解闷，
得有多么卑劣的心机。
一会儿给他正正枕头，
哭丧着脸送药问疾，
一会儿唉声叹气，心想：

① 彼·安·维亚泽姆斯基（1792—1878）公爵是俄国自由派作家兼批评家。这句题词引自他的《初雪》。——译者注

鬼怎么还不把你抓去!”

二

浪荡公子这样思量，
坐着驿车，跑得黄尘滚滚，
由于至尊上帝的旨意，
成为同族中唯一继承人。
鲁斯兰和柳德米拉的朋友!
我想不必写什么序文，
现在就把小说的主人公
开门见山介绍给你们：
我和奥涅金①原是好友，
他诞生在涅瓦河之滨。
我的读者，你也许生在那儿，
或曾崭露头角，一鸣惊人。
从前我也曾遨游京城，
但北方于我不利，无法安身。②

三

他父亲为官奉公守法，
虽然债台高筑，落得豪华，
一年办上三次大舞会，
挥金如土，荡产倾家。
不过奥涅金福星高照，

① 奥涅金这个姓氏，属于俄国古老而显赫的贵族，后来衰落。普氏未完成小说《叶泽尔斯基》可供参考。——译者注

② 写于比萨拉比亚。

先是有位法国小姐照看他，
后来换成穷教士阿贝——
这位法国老师处世圆滑。
他看这孩子活泼可爱，
怕累得他头昏眼花，
教什么都马马虎虎，
不讲大道理干干巴巴，
顽皮时也只骂骂而已，
倒常带他去夏园①玩耍。

四

奥涅金一年年长大，
到了不安生的青年时代，
欲壑难填，多愁善感，
便把法国佬赶出门外。
如今奥涅金无人拘束，
发式时髦，别出心裁，
打扮得像伦敦的 dandy②，
跨进社交界，大显丰采。
他讲得一口流利的法语，
写起法文也通畅明白；
鞠起躬来落落大方，
跳马祖卡舞也颇轻快；
还要怎么样？社交界认为：
他聪明伶俐而又可爱。

① 夏园在彼得堡，当时是御花园。——译者注
② dandy 指花花公子。

五

我们多多少少，马马虎虎
总算学点儿东西，
谁要想卖弄学问，
谢谢上帝，不费吹灰之力。
据许多长者的论断
（他们讲话武断严厉），
奥涅金有学问，只是好卖弄；
他有一种幸运的才气：
谈吐文雅，从容不迫①，
遇事不痛不痒地说几句，
要是重大争论，就保持沉默，
装出一副行家神气，
插两句令人意外的俏皮话，
引得贵妇们粲然解颐。

---

① 以下五行初稿为：

谈论谈论学术问题，
甚至进行大胆的争论：
关于拜伦、曼努埃尔，
关于烧炭党、巴尔尼，
关于约米尼将军。

拜伦是有世界影响力的英国浪漫主义诗人，死于希腊的民族战争中。曼努埃尔（1282—1348）是西班牙作家，曾参加反抗摩尔人的战争。烧炭党是19世纪意大利的秘密革命组织。巴尔尼（1753—1814）是法国诗人，以写情诗著名。约米尼（1779—1869）是瑞士人，曾随拿破仑多次远征，后来投俄国任沙皇军事顾问，著有《战争艺术》。这些人物既说明奥涅金兴趣广泛，也说明他倾向革命。——译者注

六

如今拉丁语已不行时，
可我要说：事实如此，
他的拉丁语倒也够用，
可以看懂卷首的题词，
在书信末尾写上 vale①，
跟人谈论一下尤维纳利斯②，
甚至背得出两句《伊尼特》③，
难免错误百出，丢三落四。
他不爱翻弄故纸堆，
对浩如烟海的编年史
和地球大事记都了无兴趣，
但是各朝代的逸闻故事，
从罗慕洛④王朝到如今，
他都如数家珍，无所不知。

七

他对作诗缺乏激情，
怎肯呕心沥血，把命豁上，
抑扬格、扬抑格一窍不通，

① vale 为拉丁语："祝你健康。"——译者注

② 尤维纳利斯（约公元 60 年—140 年）是古罗马讽刺诗人。——译者注

③《伊尼特》是古罗马诗人维吉尔（公元前 70 年—前 19 年）的史诗，虽有模仿《奥德赛》的痕迹，也有超出后者的爱国思想，为欧洲古典主义典范之作。——译者注

④ 罗慕洛是古罗马传说中的创始人，在这里有"开天辟地"之意。——译者注

骂荷马①写得荒唐，
说忒奥克里托斯②一钱不值，
偏爱亚当·斯密③的文章。
对经济学造诣颇深，
谈论经济句句在行，
什么民生之道、立国之本，
怎么能国富民强，
为什么有了简单产品④，
就不需要黄金万两。
老子不懂得他的道理，
把田产典当精光。

八

奥涅金还有其他学问，
这里恕不一一叙述；
但有一门他真有天才，
可以说掌握娴熟。
他从青年时代开始
就在这方面下过功夫，
受尽磨难，也尝到快乐，
把苦闷的岁月虚度。
这就是爱情的科学。

---

① 荷马（约公元前 9 世纪—前 8 世纪）是古希腊诗人，相传为《伊利亚特》和《奥德赛》的作者。——译者注

② 忒奥克里托斯（约公元前 310 年—约前 250 年）是古希腊诗人，首创牧歌体裁。——译者注

③ 亚当·斯密（1723—1790）是英国古典派经济学家。——译者注

④ 简单产品：一种理解为农产品，另一种理解为纯收入，来自法语 produit net。——译者注

奥维德①写过《爱的艺术》。
他为这件事遭到流放，
远离意大利的故都，
他那光辉而落拓的一生
在摩尔达维亚荒野里结束。

九

…………

十

他早就学会卖弄风情，
掩饰其意，争风吃醋，
挑拨少女跟情人变心，
接着海誓山盟表示爱慕，
忽而装作郁郁寡欢，
忽而高傲，忽而驯服，
忽而殷勤，忽而冷淡，
忽而默默无语，不胜愁苦，
忽而滔滔不绝，蜜语甜言，
写起情书又多么马虎！
他爱得专注，神魂颠倒！
他频送秋波，柔情外露，
忽而羞涩，忽而大胆，

① 奥维德（公元前 43 年—约公元 17 年）是古罗马诗人，代表作为《变形记》。——译者注

有时还挂上温顺的泪珠！

十一

他会别出心裁，标新立异，
使天真的少女惊奇不已；
他会故作绝望，引起惊慌，
殷勤献媚，令人解颐。
抓住芳心不能自持的刹那，
使出全副热情和心机，
打破无邪少女的成见，
博得不由自主的亲昵，
软硬兼施求得爱的表白，
聆听春心第一声战栗，
苦苦追求，形影不离，
突然唾手可得，幽会有期……
然后找个僻静的去处，
教训一番，让她追悔莫及。

十二

他早就学会挑逗春心，
勾引时髦的小家碧玉！
他会捏造恶毒的语言
去制服那些情敌——
给他们安排下天罗地网，
千方百计置之于死地！
可你们这些纳福的丈夫，

从前也是福布拉斯①的徒弟，
如今娶妻生子，圆通狡猾，
有的老夫少妻，难免猜疑，
有的戴绿帽子，道貌岸然，
自我陶醉，洋洋得意，
称赞午饭可口，妻子贤惠，
你们跟他依然称兄道弟。

十三、十四

…………

十五

常常，他还高卧未起，
仆人纷纷前来送信。
什么？原来是请帖？
同时有三家恭候光临：
这家是舞会，那家办生日，
浪荡公子将是哪家贵宾？
先去哪儿还不是一样。
家家都得去，他自有术分身。
这会儿他穿上晨装，

① “福布拉斯”泛指勾引女人的好色之徒，来自法国作家库弗莱（1760—1797）的小说。——译者注

戴上玻利瓦尔帽①，宽檐时新，
坐上马车来到林荫路
兜兜风，散一散心，
直到不疲倦的布列盖②表
向他报告吃饭的时辰。

十六

暮色沉沉，他坐上雪橇，
"闪开！"车夫吆喝行人。
他的海龙皮大衣领
落满霜花，洁白如银。
他向泰隆③饭店驶去，
知道等他的是卡维林④。
进门就见：瓶塞飞上天棚，
泡沫飞溅，彗星牌香槟。
桌上摆着鲜红的煎牛脊⑤，
还有年轻人爱吃的香菌——
法国大菜的佳肴，
斯特拉斯堡⑥馅饼宛然如新，
两边是活鲜鲜的林堡干酪⑦

---

① 由 Bolivar［玻利瓦尔（1783—1830）是南美解放运动领袖，他戴的宽檐帽风行一时。——译者注］而时兴的帽子。

② 布列盖是法国机械师，这里指他设计的报时怀表。——译者注

③ 泰隆是著名的饭店老板。

④ 卡维林（1794—1855）是俄国禁军骠骑兵团军官，早年参加过幸福会，是普氏好友。——译者注

⑤ "鲜红的煎牛脊"指火候轻、带血色的牛里脊。——译者注

⑥ 斯特拉斯堡是法国地名，以出产鹅肝馅饼著名，远销国外。——译者注

⑦ 林堡是比利时地名，那里出产的干酪表层带微菌，所以叫"活鲜鲜"的。——译者注

和大个的菠萝橙黄如金。

十七

酒兴未阑，推杯换盏，
油腻的肉饼要借酒下肚，
不作美的布列盖叮当响：
新排的芭蕾已经开幕。
剧坛上苛刻的权威，
戏院的常客，尊贵的主顾，
专为迷人的旦角捧场，
只是朝三暮四，不一而足。
奥涅金连忙赶到剧场，
那里充满自由①，呼吸畅舒。
这个跳跃真棒，给它拍掌，
叫莫伊娜②出来谢幕，
给菲德拉③、克利奥巴特拉④喝倒彩
（无非要引人注目）。

十八

这真是一个美妙的所在！

---

① “自由”是双关语，既指行动不受拘束，也指思想上的自由。当时输入到俄国的资产阶级观念首先靠戏剧传播。——译者注

② 莫伊娜是俄国剧作家奥泽罗夫（1770—1816）的悲剧《芬加尔》的女主人公，由当时著名芭蕾舞演员科洛索娃扮演。——译者注

③ 菲德拉是法国剧作家拉辛（1639—1699）的悲剧《菲德拉》的女主人公，后来由施泰贝尔特改成歌剧。——译者注

④ 克利奥巴特拉（约公元前69年—约前30年）是埃及女王，以美貌著称，曾与恺撒同居，后嫁其部将安东尼。安东尼兵败，两人先后自杀。——译者注

当年冯维辛①一代主宰——
大胆的讽刺家、自由之友，
克尼日亚宁②是模仿的奇才。
奥泽罗夫的悲剧催人泪下，
与年轻的谢苗诺娃③分享喝彩。
卡杰宁④以他的译笔
再现了高乃依⑤伟大的天才，
沙霍夫斯科伊⑥挖苦辛辣，
把一串热闹的喜剧搬上舞台；
还有狄德洛⑦的芭蕾舞
赫赫有名，表演精彩。
我的青春就在剧场里
匆匆逝去，永不再来！

十九

女神别来无恙？你们在哪儿？
请听一听我的呼声悲凉：
你们是原来班底？还是换了新人？
可比起你们判若天壤？
我还能听到你们的歌声？
看到俄国舞神翩翩飞翔？

---

① 冯维辛（1745—1792）是俄国喜剧作家，其代表作《纨绔少年》在俄国戏剧史上占有重要地位。——译者注

② 克尼日亚宁（1742—1791）是俄国剧作家。——译者注

③ 谢苗诺娃（1786—1849）是俄国著名悲剧演员。——译者注

④ 卡杰宁（1792—1853）是俄国诗人兼剧作家、批评家，早年参加幸福会。——译者注

⑤ 高乃依（1606—1684）是法国古典主义悲剧作家。——译者注

⑥ 沙霍夫斯科伊（1777—1846）是俄国喜剧作家。——译者注

⑦ 狄德洛（1767—1837）是当时有名的芭蕾舞导演。——译者注

或者找遍寂寞的舞台，
也找不到一张熟悉的面庞。
只好举着失望的长柄眼镜
对着陌生的贵妇们呆望，
对眼前的热闹无动于衷，
一面打哈欠，一面追想：
你们的表演多么精彩，
念念不忘当年的盛况。

二十

剧场满员，包厢通明，
池座、雅座一片忙乱，
顶厢不耐烦，纷纷鼓掌，
突然唰的一声，幕飞上天。
台上伊斯托敏娜①亭亭玉立，
左右群女神锦簇花团。
看她体态轻盈，随弦起舞，
光艳夺目，秀色可餐。
一只足尖轻轻点地，
另一只秀足徐徐回旋，
忽而纵身一跃，忽而凌空而起，
如鸿毛随风，飘飘欲仙，
柳腰忽弯忽展，婀娜多姿，
秀足相撞，若惊鸿翩翩。

① 伊斯托敏娜（1799—1848）是俄国著名芭蕾舞演员。——译者注

二十一

掌声如雷……奥涅金进来，
擦腿而过，挤进雅座里面，
对着陌生女士们的包厢
举起双片眼镜斜眼观看，
上下扫遍四层厢座，
一览无余，全都收入眼帘。
但是她们的容貌和衣着，
他看了只觉得讨厌；
四下点点头，向绅士们致意，
这才不经心地往台上看看，
马上转过脸，打个哈欠。
说道："这些人早该换换，
芭蕾早就看腻了，
连狄德洛也叫人讨厌。"①

二十二

爱神、魔鬼和蛇精在台上
跳来跳去，叮当乱响，
剧场门口等倦了的仆人
躺在皮大衣上睡得正香。
台下也不停地咳嗽、跺脚、
擤鼻子、叫嘘加鼓掌；
里里外外，楼上楼下，

① 这是符合恰尔德·哈罗德的性格的冷漠特征。狄德洛先生的芭蕾舞充满活泼的想象，优美异常。我国有位浪漫主义作家认为他的芭蕾舞比整个法国文学更饶有诗意。

灯火通明，烛光辉煌。
马站腻了，冻僵了腿，
用蹄子刨雪沙沙响。
各家的车夫围着火堆
大骂老爷，拍手打掌。
这时奥涅金走出剧院，
要回家重新换装。

二十三

要不要画上一幅写实画
描绘一下幽深的书斋？
标准的时髦公子在里面
更衣打扮，研究穿戴。
凡是伦敦制造的化妆品
远涉重洋，从波罗的海舶来，
为满足千奇百怪的嗜好
换走大量猪油和木材；
凡是巴黎发明的奢侈品——
法国人爱美，异想天开，
爱娱乐、爱时髦、爱享受，
有益的实业便兴隆发财——
我们这位十八岁的哲学家
都拿来陈设他的书斋。

二十四

桌上摆着青铜器和瓷玩，
土耳其烟管用琥珀镶嵌，

水晶玻璃瓶装着香水，
芳香馥郁，心神怡然。
梳子、钢锉，应有尽有，
各式剪刀有直有弯，
光刷子就有三十种，
牙刷、指甲刷，样样俱全。
顺便讲讲卢梭①的故事：
他口若悬河，疯疯癫癫，
看一本正经的格里姆②
当他的面修指甲，不以为然；
他不理解，是他的错③，
尽管他保护自由和人权。

二十五

为人尽可以满腹经纶，
对指甲美观也要留心。
何必逆时代潮流而动？
习惯就是人间的暴君。
奥涅金步恰达耶夫④后尘，

---

① 卢梭（1712—1778）是法国启蒙运动思想家和作家，普希金曾受过他的影响。——译者注

② 格里姆（1723—1807）是法国作家，参加过百科全书派。——译者注

③ 大家都知道他是搽粉的，而我呢，先还不信，后来也信了，因为我不但看见他的肤色美起来了，还在他的梳妆台上发现过粉碟子。有一天早晨我到他的房间里去，看到他在用一个特制的小刷子刷指甲，他当着我的面显得挺得意。我当时判断，一个人能天天早晨花两个钟头时间刷指甲，就可能花一点时间用粉把皮肤上的皱纹填起来。

（卢梭的《忏悔录》）

格里姆走在时代的前面：现在整个文明的欧洲都用特制的刷子刷指甲。

④ 恰达耶夫（1794—1856）早年参加过幸福会，对普希金的成长有良好影响，后来陷入唯心主义，因批判现实而遭受当局迫害。他是奥涅金原型之一。——译者注

害怕世人的苛刻议论，
穿着打扮合乎时尚，
正是所谓的纨绔王孙。
在镜子面前花上三小时
梳洗打扮，十分认真，
从更衣室出来，丰姿绰约，
俨然轻佻的维纳斯①女神
为了参加假面舞会
女扮男装，风采照人。

二十六

现代一切时髦服装
既要向读者加以展览，
就该描写他的装束，
就教于有识之士面前。
因为我的本行就是描写人物，
当然，这样做未免大胆；
可惜俄语从来就没有
燕尾服、西服裤和坎肩，
就这样，我这枯涩的文笔
外来词已用得过滥；
本应该尽量少用，
在这里向读者致歉。
不过从前我有时候
也翻翻《科学院词典》②。

① 维纳斯是罗马神话中爱和美的女神。——译者注
② 指《俄国科学院字典》（1789—1794）。——译者注

二十七

这些琐事且搁下不表，
快去观光一下舞会盛景。
奥涅金坐上出租马车
去参加舞会，驰骋如风。
两旁的屋舍一片漆黑，
沉睡的街道车水马龙。
一排排马车，一对对灯，
映照雪地，宛若彩虹，
闪射出快活的光辉。
四周的路灯照得通明：
高楼大厦，巍然耸立，
宽大的玻璃窗人影晃动。
侧面的头影一闪而过，
都是贵妇和时髦的先生。

二十八

我们的主人公来到门前，
飞也似的越过阍人身旁，
阔步跨上大理石台阶，
理理头发，整整衣裳。
走进大厅，里面熙熙攘攘，
马祖卡舞正跳得欢畅，
音乐伴奏有气无力，
拥挤不堪，一片喧响，
近卫军的刺马针咔咔有声，

美人的秀足引人欲狂。
绅士们热情的眼神
随着秀足的踪影而飞翔。
妖艳女人的说长道短
怎抵得大提琴的吼声响亮。①

二十九

从前整日寻欢作乐，
我爱舞会爱得发狂。
谈情说爱，传递情书
舞会是最好不过的地方。
啊！各位尊敬的丈夫，
让我向你们进一良方：
为了避免家庭的不幸，
请留心我的话，及早提防；
还有你们，可爱的母亲，
要管好女儿，盯住不放，
把手中的长柄眼镜举正！
不然的话……天哪，不堪设想！
我现在所以这么写，
因为我早已不再荒唐。

三十

歌舞游宴，声色犬马
不知消磨了我多少时光！

① 从第15到28节及后面的第35、36节关于奥涅金生活方式的描写，是模仿亚·托尔斯泰的《赠彼得堡人》。——译者注

如果不是怕有伤风化
至今我也不离开舞场。
我爱放荡不羁的青春，
爱热闹，爱快乐，爱富丽堂皇，
爱女人考究的衣着，
爱她们的秀足，颠倒欲狂。
不过，走遍整个俄国
也找不到周正的秀足三双。
啊！有一双我难以忘情，
尽管我消沉、忧郁失望，
依然记得它的秀丽模样，
在梦中也扰乱我的心房。

三十一

哪怕地老天荒，海角天涯，
痴情的你怎能忘记它？
秀足哇秀足！你在哪儿？
你在何处蹂践春花？
你走惯了柔软的地毯，
爱享受东方①的豪华。
你不爱苍凉的北国，
不曾在雪地上把足迹轻踏。
曾几何时我为了你
忘了追求名声、飞黄腾达，
忘记了父母之邦，
忘记了流放生涯。

① “东方”指土耳其。——译者注

犹如你在草地上的足迹，
如今逝去了我的优游年华。

三十二

狄安娜[1]酥胸高隆，
弗洛拉[2]艳如芙蓉，
不知道为什么，亲爱的朋友，
我更爱舞神的秀足娉婷：
看不尽它那千姿百态，
一饱眼福便有幸三生；
飞腾跳跃，婀娜婉转，
令人想入非非，脉脉动情。
啊，我的女友艾尔维娜[3]，
我爱芳草地上曼步盈盈，
长桌布底下舄履交错，
冬日壁炉玉足轻蹬，
光洁地板上舞步飞旋，
海边花岗岩上玉立亭亭。

三十三

我还记得雷雨前的大海：
暴风骤起，波浪激荡，
我多么羡慕那些波浪·

① 狄安娜是罗马神话中的猎神，也被当作月神。——译者注
② 弗洛拉是罗马神话中的花神。——译者注
③ 艾尔维娜是诗歌中常用于表示所爱女人的名字。——译者注

含情拜倒在她的足旁！①
我多么想跟波浪一起
把唇贴在可爱的秀足上。
不！即使当我年少多情，
神魂颠倒，爱得发狂，
拼命追求阿尔米塔②的朱唇，
想亲吻那艳如玫瑰的脸庞
或少女怀春的酥胸，
都没有这般痛苦的欲望。
不，从没有这么强烈的激情
时刻折磨我的心房！

三十四

我更留恋另一段时光！
有时好做如意的梦想：
仿佛双手捧住可人儿的马镫……
仿佛秀足就擎在掌上；
于是，我这枯槁的心
又因此而情波荡漾，
我的想象又任意驰骋，
又是爱情！又是怅惘！……
算了！我不必再剌剌不休
去赞美高傲的女郎！
她们虽然激发了我的灵感，

① 这一段实有其事：1820 年诗人流放南俄，曾随拉耶夫斯基将军一家漫游克里米亚，将军幼女玛丽亚到海边玩耍，被诗人看见，写入此书。——译者注

② 阿尔米塔是意大利诗人塔索（1544—1595）《被解放的耶路撒冷》中女主人公的名字。——译者注

却不配我的爱和歌唱。
她们的誓盟和眼波都靠不住……
犹如她们的秀足一样。

三十五

且说奥涅金离开舞场，
睡眼惺忪坐在马车上，
不舍昼夜的彼得堡
被军鼓敲醒，又开始奔忙：
商店打开门，小贩走上街，
马车慢悠悠地奔停车场；
一个胖女人提罐子送奶，
晨雪在脚下沙沙作响。
早晨的市声含混悦耳，
打开窗板，露出玻璃窗，
烟囱里升起袅袅青烟，
德国人的面包铺已开张。
认真的老板戴上纸帽，
隔一会儿打开售货窗。

三十六

这位爱阔爱玩的公子
被舞会吵得晕头转向，
把白天当成了午夜，
在幽暗里睡得正香。
梦回酒醒，红日西斜，
今夜的生活早安排停当。

宴会、舞会，单调而多彩，
明天也和昨天一样。
奥涅金正当年少，无人拘束，
又情场得意，战绩辉煌，
整日声色犬马，寻欢作乐。
他幸福吗？他可如愿以偿？
他为何在酒宴上旁若无人，
露出清醒的模样？

三十七

不！他的感情早已冷淡：
社交界的喧嚣令他厌倦；
美女虽曾令他一度销魂，
却不曾占有他的心弦；
她们的变心让他疲惫；
朋友和友谊也久而生厌。
因为他经常头痛，
总不能天天纵酒寻欢，
烤牛排和斯特拉斯堡馅饼
就是用香槟也难以下咽，
连说俏皮话也打不起精神。
尽管他也好走马弄剑，
如今血性消了，兴味索然，
再不爱格斗、马刀和子弹。

三十八

奥涅金患了不治之症，

直到如今病因不明，
倒很像英国人的 spleen，
简单说：俄国式的忧郁病
传染了他，不过还算轻；
他没想自杀倒是万幸，
他不想尝尝子弹的滋味，
但对人生已心灰意冷，
跟哈罗德①一样忧郁，
无精打采出入客厅。
无论是社交界的流言蜚语、
波士顿纸牌或秋波送情，
以及不礼貌的高声叹息，
对这一切他都无动于衷。

三十九、四十、四十一

…………

四十二

啊！乖僻的高贵妇人！
他首先抛弃了你们；
说真的，在我们这个时代，
高谈阔论乏味得很。
或许有的女士喜欢品评

① 哈罗德是拜伦的叙事诗《恰尔德·哈罗德》的主人公。——译者注

法国的沙伊、英国的边沁①；
不过信口雌黄令人生厌，
尽管无伤大雅，人云亦云。
况且她们都白璧无瑕，
仪态万方，聪明过人，
对上帝虔诚得可爱，
举止端庄，小心谨慎，
冷若冰霜，令男人却步，
一见之下便忧郁症缠身。②

四十三

还有你们，年轻美貌的女郎！
每当深夜彼得堡进入梦乡，
你们驾起轻车快马，
在石头道上跋扈飞扬，
如今他连你们也抛弃了。
离开热闹的游乐场，
杜门谢客，过隐居生活，
连连打哈欠，提笔写文章，
想在文字上一试身手，
可惜下笔写不出一行。
他终于未能厕身文坛，
因为吃不消笔耕的苦况。

---

① 沙伊（1767—1832）是法国资产阶级经济学家。边沁（1748—1832）是英国的法学家和哲学家。他们都是十二月党人喜爱的作者。——译者注

② 这整个讽刺诗节，无非是对我国美好的女同胞的微妙赞扬。例如布瓦洛［布瓦洛（1636—1711）是法国诗人，古典主义理论家。——译者注］就曾经以责难的口吻赞扬过路易十四。我们的女士们把文明跟殷勤结合起来，把严格的贞洁跟这种东方美结合起来。这种东方美曾使斯塔尔夫人赞叹不已。（见《流亡十年》）

关于文人我不想评论，
因为我也属于这一行。

四十四

于是，他又无所事事，
内心感到无限空虚，
坐下来汲取他人的智慧，
俗话说得好：展卷有益。
架上摆满一排排书，
他读了又读，了无头绪：
有的枯燥，有的谎话连篇，
有的昧着良心，有的毫无意义，
本本都带有枷锁的烙印，
古书陈腐，新书更如陈迹。
就像抛开那些女人一样，
从此搁下书，如行葬礼，
用黑塔夫绸蒙上书架，
连同那些尘封的书籍。

四十五

我跟他一样，离开尘世，
抛开社交界的缛礼繁文，
情投意合，成为好友。
我喜欢他性格超群：
他常于无意中耽于幻想，
头脑冷静，智慧过人，
连他的怪僻也不可模仿。

我愤愤不平，他忧郁苦闷，
同是饱经情海的沉浮，
同是对生活厌倦灰心，
同是失却内心的热情，
同是遭到蹇滞的命运，
同是蒙受世人的诽谤①，
就在我们一生的早晨。

四十六

大凡善于思考的人
内心里必然藐视世人；
大凡多愁善感的人
往日美景常萦系梦魂。
眼前的一切黯然失色，
回忆的毒蛇咬他的心。
他只剩下无限悔恨。
不过这一切都很动人，
我们常常谈得津津有味。
开头，奥涅金令我发窘：
他好争论、言语刻薄，
谈笑也夹杂着激愤；
他的俏皮话更是挖苦，
习以为常便成为知音。②

---

① “蹇滞的命运”指诗人于1820年被流放；“世人的诽谤”指当时彼得堡流行谣言，说普希金被秘密厅抓去施加鞭笞。——译者注

② 第45、46两节刻画了奥涅金的重要特征：悲观失望和愤世嫉俗。后人认为写的是亚·拉耶夫斯基（拉耶夫斯基将军的长子），但也勾勒出那一代青年的共同特征。——译者注

四十七

我们常在夏日的傍晚，
来到涅瓦河之滨。
河上的夜空清澈明亮①，
水平如镜，波光粼粼，

---

① 读者当记得格涅季奇［格涅季奇（1784—1833）是俄国诗人，译过荷马的《伊利亚特》。——译者注］在田园诗里对彼得堡夜色的优美描写：

夜降临了；但金黄色的云带并没有黯然失色。
没有星星，没有月亮，远方依然明如白昼。
在远处的海边有几艘船隐约可见，
它们那银白的船帆好像在蓝天里飘浮。
夜空闪耀着明亮的光辉，
晚霞的殷红跟东方的金色融为一体：
仿佛朝霞紧跟在黄昏后面，带来了
绯红的早晨。这是最美妙的时辰，
夏日夺走了黑夜的统治权；
北国的天空迷住了异乡人的眼睛，
看那阴影跟柔和的光线神奇地融合起来，
连正午的天空都从来没有这样美丽；
这夜色就像北国少女的玉容一样明媚，
天蓝色的眼睛和鲜红的脸颊
被一绺淡褐色的波浪鬈发轻轻遮住。
这时在涅瓦河和华丽的彼得堡上空
可以看到没有暮色的黄昏和没有阴影的飞快的夜；
这时夜莺刚刚唱完夜半的歌，
又唱起晨歌来迎接即将到来的白昼。
但是夜深了；凉风袭来；涅瓦河的冻土上
落满露珠……
午夜：响彻黄昏的千万支桨歇息了，
涅瓦河水平如镜；城里的客人纷纷回家；
岸上没有声音，水上没有涟漪，一片平静；
只是偶尔从桥上传来隆隆声飘过水面，
只是从远处的村子里传来拖长的吆喝声，
那是哨兵在夜间问口令。
一切都入睡了……

未照出狄安娜的面庞。
我们想起从前一往情深，
追想早年的风流韵事，
不禁缠绵悱恻，暗暗销魂。
我们俩默默地呼吸
芳香的空气！夜凉宜人。
犹如正在梦中的囚徒
突然被带进葱翠的森林，
我们沉醉于幻想之中，
仿佛回到逝去的青春。

四十八

奥涅金凭着花岗岩墙，
满怀幽思，静静伫立，
正如诗人的自我写照①，
无限悔恨充塞胸臆。
入夜，四周一片恬静，
只有口令打破沉寂；
只有远处的车轮声
突然从米尔温大街响起；
只有游船荡着木桨
在昏悠悠的河面上划去；
铜管乐和粗犷的歌声
远远飘来，令人入迷……

---

① 兴高采烈的诗人真看见了
对他垂青的女神。
当时他正依着花岗岩石墙
度过不眠之夜。
（穆拉维约夫：《给涅瓦河女神》）

不过总不如塔索的八行诗
在少女的口中更为甜蜜。

四十九

啊，亚得里亚海！啊，布伦泰河！①
我要去瞻仰你那万顷碧波！②
我将重新充满灵感③，
去聆听你那奇妙的讴歌！
阿波罗的子孙④奉之若神明，
阿尔比翁的竖琴⑤将它弹拨，
我有幸倾听，无比亲切。
我要去意大利金色古国，
尽情享受夏夜的温柔，
乘上游艇神秘莫测，
伴着威尼斯妙龄女郎，
听她喋喋不休，或相对默默。
我跟她学会绵绵情语
和彼特拉克⑥的诗歌。

五十

我自由的时刻还会来吗？

---

① 亚得里亚海和布伦泰河都在意大利。——译者注
② 诗人在敖德萨时一直想逃往国外。——译者注
③ 诗人在流放前后和在敖德萨初期曾感到灵感枯竭。——译者注
④ 阿波罗是希腊神话中的太阳神和诗神，“阿波罗的子孙”指诗人。——译者注
⑤ 阿尔比翁意为山岛，是英国的古名，“阿尔比翁的竖琴”指拜伦的诗。——译者注
⑥ 彼特拉克（1304—1374）是意大利诗人，以写情诗著名。——译者注

自由呀自由！我疾声呼唤：
在海边徘徊①，等待时机，
举手招呼过往的船帆。
什么时候我才能逃走，
冒着暴风雨，与惊涛奋战，
在自由的大海上自由驰骋？
我早该离开寂寞的海岸，
这里的环境与我为敌。
我将在南海的波光涛影间，
在我的非洲②天空底下
为阴霾的俄国而长叹。
这里留下爱情和痛苦，
这里埋葬了我的心弦。

五十一

奥涅金本想跟我一起
到陌生的国度一游，
但是不幸，命运多舛，
我们从此长期分手。
他父亲突然与世长辞，
贪心的债主岂肯罢休，
纷纷前来登门讨债，
各有打算，各有要求。
奥涅金不想打官司，
以产抵债，丝毫不留。

---

① 写于敖德萨。

② 见《叶夫根尼·奥涅金》第一版［第一版里有作者注，介绍他的外曾祖父汉尼拔的故事。汉尼拔原是非洲人。诗人以有黑人血统而自豪。——译者注］。

他不认为有多大损失，
对命运的安排坦然无忧，
或许他早已经猜到
年老的叔父也人世不久。

五十二

突然，他果然得到消息，
管家禀报叔父病重，
卧床不起，奄奄一息，
只等他前去送终。
他一接到报告，
立刻动身，行色匆匆
（我的小说就从这里开场）。
他坐着驿车，疾驰如风。
为了钱只好佯装叹气，
无愁也苦脸，假意惺惺。
想到这他连打哈欠，
可当他来到叔父家中，
发现老人已躺在灵板上，
只等入土，正寝寿终。

五十三

他看到满院的仆人、
死者的好友和仇人，
还有喜欢吊丧的宾客
从四面八方前来送殡。
死人好歹埋掉了事，

神父和客人吃喝一顿，
然后郑重地告辞而去，
仿佛完成一项重任。
从此奥涅金成为乡绅、
土地、森林和河域的主人，
另外还有几爿作坊，
他不喜欢陈规，如土挥金，
如今换换生活方式，
管它怎样，且喜耳目一新。

五十四

头两天他觉得新鲜，
田野幽旷，杳无人迹，
蓊郁的树林凉爽宜人，
还有潺潺的小溪。
到第三天，不论树林、田野
还是冈峦起伏，都了无兴趣！
后来只觉得昏昏欲睡，
他明白了，无疑：
乡村虽没有宫廷、闹市、
舞会、诗会和扑克牌局，
却跟城市一样寂寞。
忧郁症到处打他伏击，
就像忠实的妻子一样，
跟定了他，形影不离。

五十五

我天生要过平静的生活，

喜欢乡间的恬淡幽旷：
在山林我的竖琴更响亮，
灵感更自由奔放。
整日耽于无害的悠闲，
常在空阔的湖畔徜徉，
无所事事是我的座右铭。
早晨醒来心头懒洋洋，
无拘无束，且享清福。
书读得少，觉睡得香，
不再追求缥缈的浮名。
回想从前的幸福时光
不都是这般消磨的吗？
闲暇无事，不求名望。

五十六

鲜花和爱情、田园和悠闲！
我对你们衷心眷恋。
我一向乐于说明：
我跟奥涅金区别明显。
免得喜欢嘲笑的读者
看不出我的特点；
免得某位饶舌的出版家
捏造出巧妙的谣言，
昧着良心，飞短流长，
说我模仿拜伦的诗篇，
为自己涂抹画像。
仿佛写诗就是为自己立传，
一定要抒写个人身世，

不能写他人的离合悲欢。

五十七

这里不妨顺便说明：
诗人都陶醉于幻想的爱情。
我也常梦见一些尤物，
于是她们神秘的倩影
便深深藏在我心里，
尔后，缪斯才赋予她们生命，
萨尔吉尔河畔的女俘①
和高山女郎②——理想的结晶，
我曾把她们热情赞美。
如今，每当与好友相逢，
他们总要向我发问：
"你的竖琴为谁叹息声声？
你向哪位妒忌的女郎
献上你热情的歌颂？

五十八

谁的秋波激发你的灵感，
又以爱抚和眉目传情
酬谢你深沉的歌唱？
你的诗要把谁赞颂？"
啊！朋友！什么人也没有。

---

① "萨尔吉尔河畔的女俘"指普希金长诗《巴赫奇宫的喷泉》里的玛丽亚和扎列玛。——译者注

② "高山女郎"指普希金长诗《高加索俘虏》中的契尔克斯女郎。——译者注

爱情的折磨只令我发疯，
我默默忍受，没有欢乐。
有的人生就幸运的才能，
善于步彼特拉克的后尘，
让诗韵与爱情结盟，
神圣的呓语更絮絮不休，
医好创伤，又赢得名声。
我却不然，爱得神魂颠倒，
一爱就什么也写不成。

五十九

爱情过去了，缪斯才出现，
昏愦的理智也清醒豁然，
我又有兴致去推敲音韵，
让它跟思想感情结缘；
我只顾写诗，不再痛苦，
枯笔生花，佳句联翩，
不再在断简残篇旁
乱涂芳容或玉足纤纤。①
熄灭的火不会再燃烧，
我依然忧郁，但泪水已干，
不要多久，风暴的痕迹
便会在我心头烟消云散。
那时我将写一部长诗，
足有二十五章的长篇。

① 俄国普学家安年科夫发现，普希金在敖德萨时期的诗稿（包括《叶夫根尼·奥涅金》第一章）中画满了雍容华贵的女人头像，据猜测是诺沃罗西亚总督夫人沃隆佐娃的像。他们之间曾有过一段恋爱故事。——译者注

六十

我已经想好结构形式
和主人公的姓氏名字。
现在这部长篇的第一章
总算完成，可以付梓。
我又认真校对一遍，
破绽百出，比比皆是；
不过，我不想再修改，
欠检查官的账可以了事。
听凭苛刻的批评家
任意宰割我的劳动果实。
去吧，我的宁馨儿，
到涅瓦河畔的书肆，
为我赢得名声的副产品——
诛心的评论、轰动和抵訾。

第二章

啊！乡村！

贺拉斯①

啊！罗斯！

一

奥涅金不堪寂寞的村庄
是个山明水秀的地方；
如有骚人雅士②曾光临，
会对造化之工倍加赞赏。
一座宅邸独向清溪，
背靠青山，天然屏障。
远处一片金黄的麦田，
鲜花烂漫，绿油油的草场。
疏散的村落隐约可见，
三三五五，成群的牛羊。
宅旁有一座大花园，
年久失修，已经荒凉，

① 贺拉斯（公元前65年—前8年）是古罗马诗人。这句题词引自《讽刺诗》，内容为讽刺奴隶制。“乡村”的拉丁语读音跟“罗斯”近似。诗人用这种谐音表达他对俄国农村的观点。——译者注

② “骚人雅士”指18世纪末和19世纪初感伤主义的田园诗人。——译者注

却也蓊蓊郁郁，浓荫如盖，
是森林女神栖身的地方。

二

这座宅第修得坚固，
具有古代建筑的格局：
深宅大院，安安静静，
仿照老式的情趣。
到处是高大的厅堂，
客厅用花缎糊壁。
墙上有帝王的肖像，
炉子用拼花瓷砖镶砌。
如今都已陈旧不堪。
什么原因，我也无从说起；
然而不论宅第怎么旧，
我的朋友都不在意，
因为不管客厅新旧，
他一样打哈欠，不感兴趣。

三

他在叔父的房里住下。
老乡绅村居四十载①，
无非跟女管家吵吵架，
打打苍蝇或望望窗外。
室内陈设简单：柞木地板、

① 奥涅金叔父属于退休的贵族。1762年彼得三世下诏，允许贵族退休还乡。——译者注

没有墨迹的写字台、
一张羽绒沙发、两个橱柜。
奥涅金把柜门一一打开。
一个橱柜放着流水账，
另一个果酒成排，
还有几坛苹果汁，
1808 年历书①居然犹在。
看起来老人无暇看书，
只拿历书来解闷遣怀。

四

奥涅金独自住在庄园，
为了消磨无聊的寒暑，
开头他想致力于改革，
建立新的管理制度。
在穷乡僻壤他堪称贤明②，
把古老的徭役改为薄租③，
从而减轻农奴的负担，
奴隶们感谢上帝赐福。
然而有个邻居善于盘算，
私下对他牢骚满腹，
说他开启祸端，后患无穷，
也有人冷笑，说他执迷不悟。
众人异口同声断定：

① 旧俄历书记载有前两年的重大事件及官员的晋升和得奖的名单。——译者注

② 这一句初稿为“孤独的自由播种者”，跟抒情诗《孤独的自由播种者》显然有联系。——译者注

③ 当时俄国自由派地主确实有主张这样做的，如十二月党人尼·屠格涅夫。——译者注

奥涅金是最危险的人物。

五

开头，邻居都来登门拜访，
奥涅金总是回避不见。
只要大路上传来马车声，
估计是邻居来惹麻烦，
跨上备好的顿河马，
从后门跑掉，似一溜烟。
这种举动令人更加愤慨，
纷纷跟他绝交，并断言：
“我们的邻居不懂礼貌，
行为乖张，是个共济会①员，
爱用大杯喝红葡萄酒，
不肯吻女人的素手纤纤，
谈话只说‘是’或‘不是’，
不称‘阁下’，态度傲慢。”

六

这时又有个年轻贵族
游学归来，返回故土。
他也不免贻人口实，
遭到邻居的评头品足。
他叫弗拉基米尔·连斯基，

① 共济会原为保守的秘密宗教组织，是由欧洲传来的，所以被误认为是传播自由思想的组织。19 世纪初自由派青年曾企图利用共济会开展活动。许多十二月党人和普希金都加入过共济会。——译者注

翩翩少年，仪表不俗，
怀着一颗哥廷根①的心，
浪漫诗人，康德②的信徒③，
留学于神秘的德国，
学到的成果琳琅满目：
有热爱自由的幻想、
热烈的精神和乖僻的抱负，
披到肩头的鬈曲黑发，
还有慷慨激昂的谈吐。

七

上流社会清醒的堕落
还没使他失却锐气。
他的心灵还能感受
少女的爱抚和朋友的情谊。
他有一颗赤子之心，
幼稚得可爱，踌躇满志，
世界的新奇与热闹
还使少年的头脑着迷。
他用美妙的幻想
消释内心的怀疑；
人生的目的他不懂，
以为是个诱人的谜，

---

① 哥廷根是德国城市，哥廷根大学颇享盛名。在该大学学习的俄国留学生回国后很有影响力，形成政治上的自由派。——译者注

② 康德（1724—1804）是德国著名唯心主义哲学家。他倡导自由平等，主张社会改革，因此在帝俄也遭受攻击。——译者注

③ 这句诗初稿为“呐喊者、叛逆者和诗人”，指久赫里别克尔（1797—1846）。他是普希金的同学，十二月党人，诗人。他是连斯基最初的原型。——译者注

他百思而不得其解，
以为人生充满奇迹。

八

他相信心灵互相吸引，
有一颗心会与他心心相印，
那颗心正在呻吟憔悴。
时刻等待他的来临①；
他相信为了保护他的名誉
朋友就是坐牢也甘心②，
如果有人敢诽谤他，
那人的头颅会被碾成齑粉；
他相信有救世英雄，
他们是人类的神圣友人，
他们那不可抗拒的光辉
一定会照临我们，
并将造福于芸芸众生，
因为他们是不朽的一群。

九

他早就表现出率真的天性：
他的感慨和悔恨何其多，
对善良怀有纯洁的爱，
经受着求名欲望的折磨。

---

① 心灵吸引说来自德国大诗人歌德（1749—1832）的小说《有选择的亲和力》。——译者注

② 为朋友坐牢来自德国诗人席勒（1759—1805）的叙事诗《保证》。——译者注

他携着竖琴周游世界，
到过席勒、歌德的祖国，
他们诗中热情的火焰
点燃起他心中的烈火；
崇高缪斯的艺术
幸运的他没有辱没；
他的诗歌高傲地保持着
高尚的情操和品格、
纯真的幻想的激情
和庄严质朴的美德。

十

他歌唱爱情，陶醉于爱情，
他的诗歌多么明净：
有如少女纯洁的心，
有如婴儿安详的梦，
有如静谧夜空中的明月——
这女神专管儿女私情；
他歌唱离别和悲伤、
迷雾的远方和某种，
他歌唱浪漫的玫瑰
和遥远的异国风景。
在那里，在幽静的田园
他见花落泪，对月伤情，
不到十八岁的小小年纪

便歌唱枯萎了的生命。①

十一

在穷乡僻壤，只有奥涅金
能够赏识他的才华。
他不喜欢乡绅邻居
纵酒作乐、言谈絮聒，
真是避之唯恐不及。
而邻居头头是道的谈话
无非是谈割草或养狗，
品评美酒或议论本家。
当然没有优美的情感，
不会闪烁诗意的火花，
既不俏皮，也不聪明，
更无社交界的温文尔雅；
不过，他们的太太们
谈起话来，就更蠢得可怕。

十二

连斯基富有，又少年英俊，
家家都当成如意门婿：
这原是古老的风俗，
凡是有待嫁女儿的邻居
都愿意招个洋学生；

① 普希金在这一节里归纳了当时浪漫主义诗人的主要题材，其中也包括他自己，所以浪漫主义时期的普希金也是连斯基的原型之一。玫瑰是浪漫主义诗人常用的比喻。——译者注

无论到哪家，他一进去，
主人马上换个话题：
单身汉的生活多么无趣；
请客人坐到茶炊前，
唤女儿斟茶，俯耳低语：
“杜妮亚，看个仔细！”
取来吉他，唱段小曲：
“请到我的金殿里来！……”①
我的天哪！娇声怪气！

十三

然而，连斯基当然不愿意
把婚姻的枷锁接受。
一见奥涅金，如遇知音，
衷心希望同他交游。
他俩居然走到一起了。
火和冰、浪花和石头、
诗和散文也不如他们悬殊。
由于性格上大相悖谬，
开头不免感到寂寞，
可没过多久便气味相投，
后来天天走马相访，
不久，一日不见如三秋。
（说起来，我首先要自责）
由于无事可做便成了朋友。

① 出于《第聂伯河的女水妖》第一部［这部歌剧是克拉斯诺波里斯基根据汉斯列尔的歌剧《多瑙河的女神》改编的。——译者注］。

十四

但如今连这种友谊也没有。
我们已把一切偏见抛弃，
认为别人都一钱不值，
唯有自己最了不起；
个个想当拿破仑，
而千千万万的双足蝼蚁
只不过是我们的工具；
感情不可理解而且滑稽。①
奥涅金倒比较容易相处，
尽管他熟悉人心事理，
一般说来，他目中无人，
但（没有例外不成规律）
对有的人能破格赏识，
也能尊重他人的悲欢休戚。

十五

他含笑听连斯基侃侃而谈：
诗人的谈吐热情奔放，
而见解有些摇摆不定，
总是露出炯炯的目光——
这一切奥涅金感到新鲜；
他一句冷言冷语也不讲，
即使到嘴边也咽住。

① 这一诗节说明当时的俄国青年受到外国思想家（如爱尔维修、边沁等）的影响，很容易接受利己主义和功利原则。——译者注

“何必多此一举，”他想，
“何必扰乱他短暂的快乐，
且让他度过幸福的时光，
让他相信世界完美，
到时候自会明白真相；
年轻人的热情和血气，
年轻人的梦呓都可以原谅。”

十六

一切问题在他们之间
都能引起思索和争论：
从前民族间订的契约①，
古代偏见②的世代相因，
科学的成果③、善与恶，
人生的意义、乖戾的命运、
坟墓里可怕的秘密，
他们一一加以评论。
诗人谈到得意之处
陶然忘形，琅琅高吟
北方诗篇④的片段，
颇有涵养的奥涅金
虽然不懂其中的奥妙，
却能洗耳恭听，打叠起精神。

---

① 这一句指卢梭的《民约论》。——译者注

② “古代偏见”指宗教。——译者注

③ 科学的成果：一种说法泛指科学，另一种说法指卢梭的《论科学和艺术是否败坏或增进道德》。——译者注

④ “北方诗篇”指俄国诗人的作品。——译者注

十七

但是两个隐士的谈话
常常涉及感情的题目。
奥涅金谈到这个问题，
尽管已不受它的摆布，
却也不免宛然叹息。
谁经历过情海沉浮，
急流勇退，固然幸福，
然而总不如未曾涉足，
或当机立断，斩断情丝，
说她两句坏话，怨气全出；
得闲陪陪朋友和妻子，
丝毫没有妒忌之苦，
从来不把祖传的产业
拿去做冒险的赌注。

十八

我们一旦跳出红尘，
得到理智的平静，
情欲的火焰已经熄灭，
再去回顾它的任性，
或者一阵冷淡一阵热
和久而不忘的旧情，
好容易冷静才觉得好笑。
有时却喜欢去倾听
别人的激动的艳史，

心里不免蠢蠢欲动；
就像一个住在茅舍里
被人遗忘的残废老兵
喜欢听留小胡的年轻人
夸耀他们的战功。

十九

年轻人毕竟容易冲动，
任何感情也掩藏不住：
恨与爱、欢乐与悲哀
都可以信口倾吐。
奥涅金自以为情场老手，
装作极其认真严肃
聆听袒露心曲的诗人
把体己话和盘托出；
连斯基喜欢信赖别人，
天真无邪，推心置腹。
奥涅金不费吹灰之力
便了解到他情史的全部。
这故事自然缠绵多情，
对我们已无新鲜之处。

二十

啊，他爱得多么真挚！
如今已无人这么情痴。
只有诗人狂热的心灵
才注定这般情爱臻至：

时时处处只有一个念头，
只有绵绵不绝的相思，
只有绵绵不绝的哀愁！
无论两地相隔而爱弛，
无论离别已经多年，
无论整日献给缪斯，
无论游乐还是治学，
无论异国的江山多姿，
被少女的爱情温暖的心
从不背离山盟海誓。

二十一

他跟奥尔加青梅竹马，
常常陪着她一起玩耍。
他为少女的美貌所倾倒，
不知道痛苦的酸甜苦辣；
在葱郁的柞树林里
常跟她一起掇草折花；
他们父辈是好邻居，
早把他们的亲事订下。
在穷乡僻壤，淳朴的天地
奥尔加出落得如玉似花，
父母爱之如掌上明珠，
空谷幽兰，初吐奇葩，
深藏在茂密的草丛里，
不曾受到蝶虐蜂狎。

二十二

奥尔加给诗人带来
第一个青春欢乐的梦，
相思情使他的芦笛
吹出第一曲哀怨之声。
从此他抛弃了嬉戏，
爱上了孤独和幽静，
爱在树林里徘徊，
爱黑夜、繁星和月明。
明月是天上的一盏灯，
我们爱在月下徐行，
爱把月亮当成知音，
对她洒泪，倾诉衷情……
如今月亮已无诗意，
只可代替昏暗的街灯。

二十三

她总是那么柔和文静，
像清晨一样活泼愉快，
像诗人的生活一样纯朴，
像情人的吻一样可爱，
她的眸子像天一样蓝；
声音、笑貌、步履体态、
棕色的头发、苗条的腰肢，
应有尽有，无不惹人爱……
您打开任何一本小说，

不难找到这样的粉黛。
从前我也非常喜欢她，
如今只觉得俗不可耐。
现在我想写她的姐姐，
我的读者，听我从头说来。

二十四

她姐姐叫达吉雅娜①②，
也许我有点儿放肆，
在爱情小说的篇页里
破天荒用这个名字。
那又怎么样？我喜欢它
响亮悦耳，铿锵入诗。
当然也能联想起
婢女或遥远的古时。
大家不能不承认：
我们的名字并不雅致
（至于诗歌，更不用说）。
文明对我们并不合适，
如果说我们学到了什么，
只不过是装腔作势。

二十五

好吧！她叫达吉雅娜。

① 有些希腊人名十分悦耳，如阿加方、菲拉特、费多拉、费克拉等，而在我国只有老百姓才用。

② 达吉雅娜的名字古时贵妇人用过，在普希金时代只有婢女使用。——译者注

她可算不得闭月羞花，
既没有妹妹的姿色，
也没有她那红润的脸颊。
她孤僻沉默，多愁善感，
像小鹿一样容易害怕，
她虽住在父母家里，
却好像寄人篱下。
她不会跟妈妈撒娇，
也不会亲昵爸爸；
她从小就不大合群，
不爱跟小孩们玩耍，
整天孤单单一个人，
默默地在窗前坐下。

二十六

达吉雅娜从幼时起
就把沉思当作侣伴，
乡村生活，闲暇无事，
全靠幻想来装点。
她那嫩如春葱的十指
从来没摸过针线，
更不曾俯在绣花架上
绣出花朵，活泼鲜艳。
倒是玩起洋娃娃，
露出颐指气使的特点：
装模作样学习礼节
和社交界的应酬周旋，
还把妈妈对她的教训

一本正经地念叨几遍。

二十七

但是，她在童年时候
也从不把洋娃娃抱起，
不向它讲城市的新闻
或时装样式的新奇。
儿童的游戏她都不爱，
倒是冬天的黑夜里
奶娘讲的可怕的故事
更令她听得入迷。
有时奶娘找来小朋友
跟奥尔加一起做游戏，
在草地上玩玩“抓人”，
达吉雅娜从来不去。
响亮的笑声她感到无聊，
轻狂的吵闹更是无趣。

二十八

她爱独自站在阳台上
迎接熹微的曙光，
先是苍白的天空里
群星的轮舞渐渐退场，
地平线悄悄发白，
清晨的使者——微风轻扬，
于是白昼冉冉而来。
严冬时节，昼短夜长，

夜幕罩住大半个世界，
冷雾遮得淡月昏黄，
懒惰的东方迟迟不起，
在闲适的寂静里睡得正香，
她仍然让奶娘唤醒她，
点上蜡烛，按时起床。

二十九

她很早就爱读小说；
小说占据了全部生活；
那些虚构的故事令她感动，
爱读理查逊和卢梭①。
她父亲是位好好先生，
生在上个世纪末；
他不知道读书会有害处，
因为他什么书也没读过，
以为不过是无聊的消遣，
对女儿的事从不干涉，
不查看枕下藏什么书
陪伴她到星沉月落。
他太太喜欢理查逊，
崇拜得简直中了魔。

三十

她所以崇拜理查逊

① 理查逊（1689—1761）是英国感伤主义小说家，代表作有《克拉丽莎》和《查尔斯·葛兰底森爵士》。卢梭的小说《新爱洛绮丝》当时也很风行。——译者注

倒不是因为读过他的小说，
也不是葛兰底森的形象
比洛夫拉斯①正派得多②。
而是从前她有一位表姐
阿琳娜郡主住在莫斯科，
常跟她提起这些名字。
当时她丈夫已成为娇客，
父母之命，她不如意，
另有一个人占据她的心窝，
他聪明而又多情，
更能激起她的情波；
这个葛兰底森是近卫军军士，
花花公子，赌徒一个。

三十一

她跟这位公子一样，
打扮入时，衣着楚楚；
可惜父母不问女儿心愿，
拉到教堂去拜花烛。
为了替她排遣幽怨，
明智的丈夫回乡下居住。
在乡下只有上帝知道，
邻居都是何等蠢物。
开头，她又哭又闹，
差点儿闹到离婚地步；
后来她开始管家，

① 洛夫拉斯是《克拉丽莎》的男主人公，是个行为放荡的花花公子。——译者注
② 葛兰底森和洛夫拉斯是两部著名小说的主人公。

渐渐习惯倒也心满意足。
习惯是老天的恩赐，
能习惯就是幸福①。

三十二

即使无法解除的痛苦，
一经习惯便可以平息；
不久又有个重要发现
使她的创伤终于痊愈：
她在繁忙与闲暇之间
又发现一个秘密——
把丈夫管得俯首帖耳
独握大权，称心如意。
她常坐车到各处监工，
掌管开支，派人服兵役，
腌制过冬的蘑菇，
一到星期六便沐浴，
火气上来，打骂使女，
事事不问丈夫的主意。

三十三

她常为多情少女
往纪念册上蘸血题词，
把普拉斯科菲亚叫作波琳娜，
说话拖长声，装腔作势；

---

① 假如我竟然糊涂到相信有幸福，那只有到习惯中去寻找。（夏多勃里昂）

紧身瘦小，束起胸，
连俄语的 H 也齉着鼻子，
听起来像法语的调门。
不久这一切全然消失：
无论紧身、阿琳娜郡主、
纪念册或记情诗的本子，
都忘得干干净净；
连使女谢琳娜的名字
又改成了阿库尔卡，
睡帽、棉袍纷纷出世。

三十四

不过丈夫还是真心爱她，
从来不过问她的事；
言听计从，落得清闲，
只管穿着长衫吃喝度日。
他的生活倒也平静。
偶尔当夕阳西下之时，
一大群邻居纷纷光临，
不用客套，不分彼此，
发发牢骚，说别人坏话，
讲些可笑的故事。
时间不知不觉过去，
吩咐奥尔加烧茶不迟。
开过晚饭，该睡觉了，
客人们才起身告辞。

三十五

他们过着平和的日子，
保持可爱的古老风俗，
每到开荤的谢肉节，
俄国薄饼列入食谱。
每年吃上两次斋，
唱唱占卜歌，跳跳轮舞，
还要坐坐旋转木椅。
到降灵节，钟声处处，
无精打采去听听祈祷，
捧着独活草去扫墓，
感动地掉下三颗眼泪，
格瓦斯像空气一样不可无，
酒席上仆人上菜
按官衔大小，不可马虎。

三十六

他俩一年老似一年，
终于丈夫临到大限，
坟墓向他打开大门，
头上现出神圣的光环，
他在午饭前一小时死去，
妻子女儿哭声震天
（妻子的眼泪最真诚），
左邻右舍都来吊唁。
他是位纯朴善良的地主，

坟头立有墓碑做纪念，
上面刻着墓志铭：
“故准将德米特里·拉林，
上帝的仆人、恭顺的罪人，
在这块墓石下安眠。”

三十七

弗拉基米尔·连斯基
游学归来，返回故里，
来拜谒朴素的墓碑，
在死者坟头喟然叹息；
悲伤之情萦系于怀。
“可怜的约瑞克！”① 他凄然自语，
“记得他曾经抱过我。
小时候常到他家去，
玩弄他的奥恰科夫②勋章！
他答应把奥尔加许我为妻。
常说：我能活到那一天吗？……”
弗拉基米尔想到这里。
怀着满腔的悲愤
写了一首诗，悼念邻居。

三十八

他同时拜祭了祖坟，

---

① “可怜的约瑞克！”是哈姆雷特对小丑的骷髅发出的感叹。（见莎士比亚和斯特恩）

② “奥恰科夫”是俄土交界处一城堡的名称，1787—1791 年俄土战争后划归俄国。——译者注

悼念双亲，泪流满面，
并写下悲怆的悼诗……
唉，人生的田垄绵绵，
一代代人像一季季麦，
按照上帝的神秘意愿
生长、成熟尔后收割，
接着另一代人又出现。
我们这轻浮的一代长大了，
扰扰攘攘，纷纭人间，
把老一代人挤入坟墓。
我们的日子也为期不远，
有朝一日我们的子孙
也会把我们驱出尘寰。

三十九

朋友！请尽情享用
无忧无虑的人生盛宴！
我认为人生微不足道，
对它早已无所留恋；
然而还有些心事未了，
有时叩打我的心弦：
不留痕迹地离开人世，
那样未免过于凄惨。
我写诗不是为沽名钓誉，
对过眼云烟早已合上眼。
但我要把蹇滞的命运
记录下来，留传人间。
哪怕留下几首诗也好，

好像忠实的朋友，把我怀念。

四十

或许我写的这些诗
会打动某位读者的心弦，
幸运地流传下去，
不会永远沉沦忘川①；
或许后世的无知之徒
（这种奢望近乎荒诞！）
用手指着我著名的肖像：
“他才是诗人！”啧啧称赞。
或许有人在记忆里
还保留着我急就的诗篇，
用他那只友善的手
把玩一下老人的桂冠。
啊！你这缪斯的崇拜者，
请接受我的谢意至虔！

① 忘川，源自古希腊神话，“沉沦忘川”指被忘记。——译者注

第三章

她是少女，她堕
入了情网。
玛尔菲拉特①

一

“哪儿去？你们诗人就是这样！”
“再见，奥涅金，我真忙。”
“我不留你；可是这些晚上
你都在哪儿消磨时光？”
“在拉林家。”“真有意思！
亏了你！难道天天晚上
都在她家，不觉得乏味？”
“一点儿也不。”“难以想象。
不过看得出其中的缘故：
首先（你听我说得在不在行？）
一个纯朴的俄国家庭，
招待客人殷勤大方，
雨啊，麻啊，牲口圈啊！

① 玛尔菲拉特（1733—1767）是法国诗人。这句题词引自他的长诗《维纳斯岛上的纳尔齐斯》。——译者注

吃不完的果酱，唠不完的家常……”

二

“我看不出有什么不好。”
“朋友，糟就糟在闷得慌。”
“我讨厌时髦的社交界，
倒喜欢家庭气氛安详，
我可以……”“又是田园诗，
算了，朋友，看在上帝面上。
可是你真要走？太遗憾了。
啊！连斯基，能否赏光，
让我见见这位菲丽达①——
你朝思暮想、轻吟曼咏的女郎，
你的眼泪和韵脚的源泉？
引见一下。”“开玩笑。”“不，久有此望。”
“甘愿效劳。”“何时？”“现在也无妨。
她们会欢迎我们去拜访。”

三

“走吧！”
他们连忙动身，
来到拉林家。
主人热情相饷。
那些礼数有时很麻烦，
按照古代好客的风尚。

① 菲丽达是古代牧歌中常用的人名。——译者注

待客的规矩一成不变：
先用小碟端上果酱，
再搬来一坛子越橘汁，
放在打蜡的小桌子上。
…………

四

他们抄近路往回走①，
坐上马车，跑得飞快。
且把主人公们的谈话
偷偷地听个明白：
“怎么了，奥涅金，直打哈欠？”
“老习惯，连斯基。”“你无精打采。”
“没什么，还是老样子。
可是田野里一片暮霭。
这地方有多么荒凉！
快赶！安德留什卡！快！快！
说起来，拉林太太有些土气，
不过老太婆倒很可爱。
我担心这杯越橘汁，
会不会给我留下祸害。

① 旧版误将“向家里飞驰”印为“冬天飞驰”（这毫无意义）。批评家们没弄清原委，却认为后面几节在时间上混乱。我敢声明，这部长篇小说的时间是按日历计算的。

五

请问，哪个是达吉雅娜？”
“就是那个忧郁的姑娘，
一进屋就在窗前坐下，
像斯维特兰娜①似的一声不响。”
“难道说你爱的是妹妹？”
“怎么？”“如果我和你一样，
也是诗人，我将另有选择。
奥尔加一副无神的憨相，
就像凡·戴克②画的圣母，
一副又红又圆的脸庞，
好比愚蠢的天空，
挂着一轮愚蠢的月亮。”
连斯基冷冷地答应一声，
一路上再也没开腔。

六

且说奥涅金到拉林家
随便走走，本出于无心，
却立刻轰动了左邻右舍，
一时传为绝妙的新闻。
猜测一个比一个新奇，
窃窃私语，议论纷纷，

---

① 斯维特兰娜是俄国诗人茹科夫斯基（1783—1852）同名叙事诗的女主人公。——译者注

② 凡·戴克（1599—1641）是佛兰德斯画家。——译者注

有些笑话、评论未免苛刻，
但都说是美满的婚姻。
有人更说得煞有介事：
早已选定吉日良辰，
只差新式戒指没买到，
这才决定改日成亲。
至于连斯基的婚事
他们中间早有定论。

七

达吉雅娜听到这些流言，
一开头也嗔怒不已，
背地里不禁考虑这件事，
又感到一种无名的欢喜。
这念头在她心上扎了根，
她到了情窦初开的年纪。
犹如一颗种子落地，
春和日暖，获得生机。
很久以来她那颗少女的心
春思恹恹，柔情缕缕，
渴望吞食爱情的苦果；
很久以来内心的积郁
便已充塞年轻的胸臆。
她的心等待着……一个伴侣。

八

终于等来了……就是他；

她一眼便把他认定。
如今不分黑天白日，
连孤独而热烈的梦，
一切都充满他的影子，
一切都发出神奇的乐声，
不住地诉说他的出现。
别人关心的话她不爱听，
更讨厌婢女同情的目光。
她闷闷不乐，满腹幽情。
客人的唠叨她听不进去，
诅咒他们有如许的闲情，
没人邀请就来做客，
一坐下就得半天光景。

九

如今她更喜欢爱情小说，
读得仔细，理解透彻。
那些诱人的荒唐故事，
令她如醉如痴，如饥似渴！
这是一种难得的想象力
塑造出栩栩如生的性格。
不论是朱丽·乌尔玛的情人，
德林纳或烦恼的维特①，

① “维特”指歌德的小说《少年维特之烦恼》的主人公。——译者注

还有马列克·阿德尔①,
及葛兰底森不可多得,
我们读起来只想打瞌睡,
多情的少女一经读过,
把他们融化成一个人物,
那就是奥涅金的形魄。

十

达吉雅娜把自己想象成
心爱作者的女主人公——
克拉丽莎、朱丽、黛尔菲娜②,
并常常独自漫步林中,
怀抱着一本危险的书③。
她在书中找到自己的梦、
春心激荡的果实
和热烈而隐秘的爱情。
她一边读一边叹息,
分享他人的欢乐与悲痛,
读到得意时情不自禁
悄悄把那些情书背诵……
但是我们的主人公无论如何,
绝不是葛兰底森。

---

① 朱丽·乌尔玛——《新爱洛绮丝》,马列克·阿德尔——克坦夫人[克坦夫人指法国女作家(参见第五章第23节注④),马列克·阿德尔是她的小说《玛琪尔黛》的主人公。——译者注]的一部平庸的长篇小说的主人公。古斯塔夫·德林纳——克汝登诺男爵夫人[克汝登诺男爵夫人(1764—1824)是法国女作家,德林纳是她的小说《瓦雷瑞》的主人公。——译者注]的一部优秀中篇小说的主人公。

② 黛尔菲娜是法国女作家斯塔尔夫人的同名小说的女主人公。——译者注

③ "危险的书"指卢梭的《新爱洛绮丝》。——译者注

十一

从前，热情洋溢的作家
文字高雅，故作斯文，
他笔下写出的人物
都是纯洁完美的化身。
还赋予心爱的主人公
备受迫害的命运，
仪表不俗、多愁善感，
而且一定聪明过人。
他还必然是天生的情种，
慷慨激昂，爱得纯真，
为了情人不惜粉身碎骨，
到了结尾，千篇一论：
罪恶受到应得的惩罚，
美德得到社会的承认。①

十二

如今道德只能令人打盹，
理智坠入雾中，失去光彩，
小说里罪恶飞扬跋扈，
被写得十分可爱。
不列颠缪斯的荒唐故事
蛊惑了少女的春怀。
她们现在崇拜的偶像

① 这一节评论18世纪的劝谕小说，其中的代表作是卡拉姆辛（1766—1826）未完成的中篇小说《我们时代的骑士》。——译者注

或是吸血鬼令人骇怪，
或是梅鲁莫①——阴郁的流浪者，
或是海盗②、无家的犹太③，
或是神秘的斯波加尔。④
拜伦颇有惊人的怪才，
他为不可救药的利己主义
涂上忧郁的浪漫色彩。⑤

十三

我的朋友，这有什么意思？
也许遵照上帝的旨意，
我会搁下笔，不再写诗，
另有一个魔鬼钻进我心里，
我会去写平板的散文，
阿波罗的恐吓也置之不理。
那时，为了欢娱晚年，
采用旧式小说的文体。
我不想写恐怖的场面
和恶人的痛苦的秘密；
我只想叙叙家常，
写一段俄国家庭的传奇、
儿女情长的旖旎梦境

---

① 梅鲁莫是英国作家马杜林（1782—1824）的小说《流浪汉梅鲁莫》的主人公。——译者注

② 《海盗》是拜伦的作品。——译者注

③ “无家的犹太”指梅丘·路易斯的恐怖小说《阿姆弗罗吉欧或修士》的主人公。——译者注

④ 《吸血鬼》被误认为是拜伦勋爵所写的小说。《梅鲁莫》是马杜林的天才作品。《约翰·斯波加尔》是查理·诺迪耶的著名长篇小说。

⑤ 这一节是对新浪漫主义的评价。——译者注

和古代流传的人情风习。

十四

我把老一辈纯朴的语言
原原本本地写上，
写少男少女的约会
在老椴树下，在小溪旁；
他们由于不幸的妒忌而痛苦、
离别、和好又热泪盈眶，
然后再让他们口角一次，
最后领他们去拜花堂……
我又回忆起往日的情景：
我伏在美丽的情人足旁，
向她倾吐热烈的情语
和相思之苦的衷肠，
滔滔不绝，口若悬河，
如今这些词句早已遗忘。

十五

达吉雅娜！可爱的达吉雅娜！
我为你落泪而心伤。
你托身于时髦的暴君，
你的命运将不堪设想。
可爱的姑娘！你会毁了自己。
当然你怀着绚烂的希望
去追求那渺茫的幸福，
人生的温馨你也许能尝一尝，

你要吞饮情欲的神奇毒汁，
你将沉醉于甜蜜的梦想。
不论走到哪里，你都以为
这正是约会的好地方，
不论走到哪里，命中注定，
诱惑者都会出现在你身旁。

十六

爱情的痛苦使她坐卧不安，
便来到花园排遣幽情……
突然眼睛发涩睁不开，
腿也发软，寸步难行，
胸口微微向上隆起，
两腮泛起一阵绯红，
娇喘吁吁上不来气，
眼前发花耳发聋……
夜幕降临，明月东升，
开始巡视遥远的苍穹，
夜莺在幽暗的树林里
唱起清脆悦耳的歌声。
达吉雅娜在黑暗里难眠，
跟奶娘说说话，语声轻轻：

十七

“睡不着，奶娘，闷得慌！
打开窗子，坐到我这儿来！”
“怎么啦，达妮亚？”“心里发闷，

讲讲从前的故事，散散心怀。”
“有什么好讲的，达妮亚？
从前我的记性倒不坏，
记得许多故事和神话，
公主小姐，妖魔鬼怪；
如今记不清了，达妮亚，
记住一点儿，忘个痛快。
是呀，人老就是不中用，
老糊涂了，什么也讲不明白……”
“就讲讲你年轻的时候，
奶娘，你恋没恋过爱？”

十八

“唉，别提了，达妮亚！
那时候可没听说这种勾当；
要不然死去的婆婆
一定会叫我去见阎王！”
“奶娘，那你怎么结的婚？”
“不用说，上帝早就安排妥当：
万尼亚比我还小，亲爱的，
我刚刚十三就做了新娘，
媒婆前后跑了两礼拜，
不知往我家跑多少趟，
爸爸终于给我祝福，
把我吓得大哭一场，
一片哭声中给我拆开辫子，
然后唱着歌送进教堂。

十九

我就这样到了一个生人家……
可你，并没听我讲……”
“啊，奶娘，奶娘，我好难受，
我亲爱的，我心里闷得慌！”
“我的孩子，你必是病了！”
“不，我想哭，想大哭一场！”
“求求上帝保佑你，
你想要什么，就快点儿讲……
我用圣水给你洒洒，
你浑身发烫……”“我……奶娘，
没有病，我……爱上了他！”
“我的孩子，上帝保佑你如愿以偿！”
奶娘颤巍巍地画起十字，
念念有词，祝祷上苍。

二十

“我爱上了他！”她又痛苦地
把心事悄悄告诉老妈妈。
“我的好孩子，你是病了。”
“不要管我，我爱上了他。”
这时一轮皎洁的明月
把凄清的光辉洒向达吉雅娜，
照出她那憔悴的面容、
散乱的云鬓和点点泪花；
也照出长凳上的奶娘

在陪伴着小姐说话。
她穿着一件长长的棉坎肩，
头巾下露出苍苍白发。
整个世界都悄然入睡了，
明月更加令人精神焕发。

二十一

达吉雅娜望着月亮，
不觉神思飞向远方，
突然心里产生一个念头……
“你也该休息了，奶娘，
把纸和笔给我拿来，
再把桌子推到床旁。
你去吧，我马上就睡。”
更深夜静，明月当窗。
只有她一个人伏案疾书。
奥涅金占据她的心房。
这封未经深思熟虑的信
倾诉着天真少女的衷肠。
信写好了，折叠起来……
这是写给谁的，姑娘？

二十二

我见过高不可攀的女郎，
艳如桃李，冷若冰霜，
板着一副高深莫测的面孔，
扬扬不睬，铁石心肠；

时髦的矜持使我吃惊，
天生的美德令人景仰，
老实说，我望之却步，
仿佛额头上刻着可怕的字样，
那正是地狱的题词：
“永远放弃你的希望。”①
她们乐得让人生畏，
惹人爱慕倒成了灾殃。
或许，您在涅瓦河畔
曾见过这样的女郎。

二十三

我还见过乖僻的女人
有许多崇拜者前簇后拥，
不论热情的叹息或恭维，
她们都无动于衷。
不过我有个惊人的发现：
她们尽管端庄雍容，
一旦吓跑了胆怯的爱慕，
便有意无意卖弄风情，
秋波微眄，稍示怜惜，
或娇语滴滴，故作多情，
再度挑逗情人倾心，
于是那无知的后生
便会望风捕影而去
追逐虚无缥缈的美梦。

---

① “永远放弃你的希望，你们每个走进来的人。”——谦卑的作者只译出这句诗的前半句。

二十四

达吉雅娜有什么罪过？
可是因为她纯朴谦和，
相信自己选定的梦想，
从来不懂得欺骗一说？
可是因为她凭感情左右，
爱得认真，毫不做作？
可是因为她容易轻信，
或因为她天赋难得：
想象力丰富活跃，
聪明过人，意志卓荦，
脾气古怪，有些任性，
还有热烈的芳心一颗？
难道您不肯宽恕她
一时感情冲动的过错？

二十五

风流女郎会权衡利害，
达吉雅娜却爱得认真。
她像天真的孩子，不爱则已，
一爱便一往情深。
她不会说：等等看，
从而使爱情的价值倍增，
保准让他落入情网。
开头刺激一下虚荣心，
给他那么一点儿希望，

再佯装不知，让他颠倒神魂，
最后再点燃妒忌之火；
不然，让他尝尽温馨，
狡猾的俘虏随时都会
逃之夭夭，弃旧更新。

二十六

我还想到一个难题：
为了维护祖国荣誉，
达吉雅娜的这封书信，
毫无疑问，得译成俄语。
她的俄语不大高明，
从不看我们的报刊书籍，
要用本族语写点什么，
难免提笔忘字，词不达意，
所以她习惯用法文……
这有什么办法？我再重复一句：
直到如今，女人谈情说爱
不用俄语表白心迹。
我们的国语高不可攀，
不肯俯就尺牍的文体。

二十七

听说想教闺秀读俄语，
唉，这真是可怕的主意！
无论如何也不可想象

她们把《良民》[1] 捧在手里!
诗人，我想请你们做证:
你们出于风流的心理，
常偷偷给女人写情诗，
借以倾吐自己的心曲。
你们说，是否所有的女士
都不大懂得俄语，
讲起话来半通不通，
张口就错，令人解颐?
相反，倒是外国话
在她们嘴里变成了本国语。

二十八

上帝保佑，我可不愿在舞会上
或在门前话别之际，
同围黄披肩的神学生
或戴包发帽的院士[2]相遇!
老实说，我从来不喜欢
没有语法错误的俄语，
犹如不爱无笑意的芳唇。
说不定，活该倒霉，也许
下一代的美貌女郎
听从杂志的呼吁，
又叫我们遵守语法规则，

---

① 这是由已故伊兹玛伊洛夫发行的杂志，经常不能按时出版。有一次出版者公开向读者道歉，说他过节时喝醉了。

② “戴包发帽的院士”指彼得堡社交界名人戈里曾公爵夫人，她半夜起来写文章。——译者注

写诗又成了时髦的把戏；
而我……与我有什么相干？
我将忠实于古老的规矩。

二十九

那文理不通的曼声低语，
含糊不清的咬字吐音，
跟从前一样，在我心里
唤起一种无端的兴奋；
我至今也不想忏悔：
我喜爱法语①的发音，
犹如爱少年时的风流罪过、
鲍格丹诺维奇②的诗韵。
好了，现在言归正传，
翻译一下达吉雅娜的书信，
既然许过愿，有什么办法？
老实说：我有反悔之心。
因为多情的巴尔尼③的文笔，
我知道，现在已不时兴。

三十

酒宴和哀愁的歌者④呀！
你现在如果在我身旁，

---

① 这里指从法语借用的词汇和句式。——译者注
② 鲍格丹诺维奇（1743—1803）是俄国诗人，代表作为诙谐长诗《宝贝儿》。——译者注
③ 巴尔尼见第一章第5节注①。——译者注
④ 叶·阿·巴拉登斯基。

朋友，我会毫不客气，
劳你驾，请你帮忙，
把多情少女的外国文字
谱成优美动听的歌唱。
你在哪里？快来吧！
我愿将此权拱手相让……
但他听不见我的声音，
如今他正流落他乡，
在芬兰的荒山野岭中
形单影只，到处游荡。
对人世的毁誉置之度外，
更听不到我的痛苦忧伤。

三十一

达吉雅娜的信摆在面前，
我视如至宝，百读不厌，
读来读去，不知从何下手，
暗暗叫苦，心中作难。
是谁教给她这锦绣文字，
信手写来，悱恻缠绵？
是谁教给她多情的呓语，
爱的表白，疯狂的倾谈，
娓娓动听，又贻害匪浅？
我也难知。现将拙译呈献，
犹如名画的拙劣摹本，
苍白无力，挂一漏万；
犹如羞怯的少女学琴，

初把《魔弹射手》[1] 轻弹。

达吉雅娜给奥涅金的信

手书寸笺，拳拳此心可见，
更有何言能够自饰？
如今，我知道您可以
任意报我以鄙视。
但您对我不幸的命运
哪怕有一点点怜惜，
也不会等闲视之。
起初我想把话藏在心里，
但愿，哪怕一周有一次，
能恭候大驾光临，
聆听您那警俏的言辞，
或能跟您说上一句话，
然后是朝朝暮暮的相思，
直到下一次见面为止。
如果此愿得遂有日，
请相信，我此时的羞愧
今生您将无从得知。
然而，听说您孤僻，
在穷乡僻壤，寂寞之至，
而我们……无可炫耀，
衷心欢迎屈尊玉趾。

您为何要来我家做客？

---

① 《魔弹射手》是德国作曲家韦伯（1786—1826）所谱的歌剧。——译者注

不然，在这偏僻荒村
我与您永远不会相识，
也不会受这痛苦的折磨。
无知少情的摇曳春心
（天晓得？）会渐渐平静，
我会找个如意郎君，
做一个忠实的妻子
和贤德慈爱的母亲。
另找一个人……不！不论他是谁，
我绝不会献出自己的心！
这是上天有意安排，
我只属于你一个人。
我命中早已注定：
今生今世与你相会相识；
我知道，你是上帝赐给的，
你就是我终生的守护神……
你常在我的梦中出现，
杳无形影，却令人可亲，
你炯炯的目光令我颠倒，
心里早就回响着你的声音……
不！这绝不会是梦！
那次，你刚刚走进大门，
我一下子就认出了你，
不禁一怔，动了春心，
暗说：他就是我梦中的人！
你说，难道不是这样吗？——
每当我向穷人施舍的时候，
或为了平息心中的苦闷
而虔诚祈祷的时候，

耳边就响起你的声音，
你偷偷地对我耳语？
就在这精神恍惚的时辰，
你的幻影穿过透明的幽暗
俯向我枕边，笑语吟吟，
诉说着爱，海誓山盟？
你究竟是我的天使守护神
还是阴险可怕的诱惑者？
请你打消我的疑虑深沉。
或许，这不过是一场春梦，
是无知少女的自作多情！
上天早已另有决定……
好了，就这么办！
我在你面前泪眼盈盈，
把终身大事托付给你，
恳求你的保护与垂青……
你要知道：在这里我顾影自怜，
无人能了解我的苦衷。
我的理智已经支持不住，
我将默默了此残生。
静候回音：如肯稍加垂怜，
会令我心中的希望复萌，
或给我以应得的责备，
打破这场可怕的噩梦！

就此搁笔！不堪再读……
羞愧交集，惶惑不胜……
不过我大胆地托身于您，
只能靠您的人格保证……

三十二

达吉雅娜忽而长吁，忽而短叹，
手里拿着信，不住打战；
舐舐粉红色的胶纸，
舌尖火烫，胶纸已干。
她歪着头，云鬓不整，
罗衫滑落了，裸露出玉肩……
外面早已黑夜向尽，
月光暗淡，星斗阑干。
朝雾渐渐散去，显出山谷，
谷底的溪水银白如练。
忽而牧童吹起短笛，
悠扬的笛声把农夫召唤。
清晨降临，人们起床了，
只有达吉雅娜神色木然。

三十三

她低垂着头，俯在桌上，
没注意已经天光大亮，
手拿着信，还没有盖上
她那颗雕花的图章。
这时屋门轻轻开了，
奶娘走进来，白发苍苍，
手里端着托盘来送茶。
“到时候了，孩子，快起床！
啊！你这丫头，早飞的鸟儿！

早已经穿好了衣裳！
昨晚真把我给吓坏了！
谢谢老天，你可没闹灾殃！
夜里的忧愁连影儿都没了，
好像罂粟花，满面红光。”

三十四

“啊，奶娘，请你帮帮忙。”
“什么事，亲爱的，只管吩咐。”
“你别以为……当然……你会怀疑……
可是，你看……可不许说不！”
“我的小姐，上帝可以担保。”
“我有封急信，不能耽误，
让你孙孙悄悄送给奥……那个……
邻居……跟你孙孙叮嘱：
千万不能说出我的名字，
不管什么话都不能透露……”
“到底送给谁呀？我亲爱的！
我如今是越老越糊涂。
咱们周围的邻居有的是，
叫我数也没法儿数。”

三十五

“奶娘，你头脑怎么这么笨！”
“是呀，我的好小姐，老了，
人老了；糊涂了，达妮亚；
说起来，从前我倒算伶俐，

只要老爷说上一句话……”
“哎呀，奶娘！谁有兴致
去管你是不是聪明？
要你把信给奥涅金送去。”
“是喽，是喽！我亲爱的，
你可千万不要生气。
我知道，我脑袋太笨……
可你脸怎么又白了呢？”
“不要紧，奶娘，没什么。
快打发你孙孙把信送去。”

三十六

一天过去了，没有回音，
第二天依然杳无音信。
达吉雅娜一清早梳洗完毕，
脸色发白，等得忧心如焚。
一会儿奥尔加的崇拜者来了。
老夫人连忙向他询问：
“您那位朋友哪儿去了？
好像完全忘记了我们。”
达吉雅娜脸发烧，浑身发抖。
只听连斯基回答老夫人：
“他原说今天来府上拜访，
想必是忙于处理书信。”
达吉雅娜垂下目光，
仿佛听到了恶意的责问。

三十七

到了黄昏，开始喝晚茶；
桌上的茶炊光洁照人，
上面煨着中国式瓷壶，
水声沸腾，热气滚滚。
奥尔加执壶殷勤待客，
深褐色茶水香气喷喷，
一盏一盏依次倒好，
童仆送来凝乳如新；
只有达吉雅娜站在窗前，
这位小姐情思昏昏，
对着玻璃窗哈着气，
冰冷的玻璃顿时发昏，
她用手指在上面写 O 和 E，
代表她思慕的奥涅金。

三十八

她站在那里，望眼欲穿，
热泪盈眶，愁肠九转。
突然马蹄声！……她猛然一怔。
越来越近！……进了庭院！
达吉雅娜“哎呀”一声，
跑进后穿堂，身轻如燕，
跳下台阶，穿过院子，
飞也似的跑进后花园；
跑呀，跑呀，头也不敢回，

霎时绕过了小桥、花坛、
草地、树林和湖畔的幽径，
把丁香枝纷纷撞断，
终于沿着花圃来到溪边，
一头扑到长凳上，吁吁娇喘……

三十九

“他来了！奥涅金来了！
啊！上帝！他心里会怎么想？”
达吉雅娜不禁柔肠寸断，
依然怀着梦一般的希望；
她浑身发烧，不住打战，
盼他到这儿来，却毫无声响。
一群婢女在园中摘浆果，
穿过灌木丛，走在畦上，
她们遵照主人的吩咐，
一边摘果，一边歌唱。
（这种吩咐自有道理，
她们一唱歌，嘴也一样忙，
便不会偷吃老爷的果子，
足见乡绅的狡猾伎俩。）

婢女们的山歌①

漂亮的姑娘，
亲爱的伴侣，

① 《婢女们的山歌》在初稿中用的是怀念远方情人的民歌。——译者注

大家快快来，
一起做游戏！
唱起山歌来，
山歌诉心事；
跳起轮舞来，
逗引小伙子。
小伙子上钩了，
远远地走来了，
姑娘们散开了，
烂果子打来了：
有樱桃、草莓，
还有红醋栗。
不许你偷听
姑娘的心事！
不许你偷看
姑娘的游戏！

四十

婢女们唱着，达吉雅娜
无心听那响亮的歌声，
她已经等得不耐烦，
竭力让心跳稍稍平静，
让脸上的灼热尽快消散。
可胸中还跳得那么猛，
脸颊的红晕不但不凉，
反而越来越红，越来越红……
她好像一只可怜的蝴蝶
挣扎在淘气的小学生手中，

拍打着彩虹般的翅膀；
又像一只小兔子惊魂未定，
突然瞥见猎人钻进了树丛，
便伏在麦地里，战战兢兢。

四十一

但是，她终于长叹一声，
站起身来，离开长凳；
刚一转弯，上了林荫路，
便见奥涅金在面前站定。
只见他两眼炯炯有神，
脸色严肃，像可怕的幽灵，
达吉雅娜好像被烫了似的，
马上停住脚步，呆立不动。
这次意外的邂逅如何收场，
亲爱的读者，且待下回分明。
今天我再也讲不下去了，
絮叨久了，也该停上一停。
我要散散步，休息休息，
至于下文，将来总可以写成。

第四章

道德总是天经地义的。

内克①

一、二、三、四、五、六、七②

我们对女人越是寡情，
越容易博得她们的垂青，
从而撒下诱惑的罗网，
十拿九稳，她们自会入瓮。
有人贪淫渔色十分清醒，
只图追欢取乐，不动感情，
到处吹嘘，自炫其术，
并以这种恋爱经闻名。
然而只有赫赫的十八世纪
那些好色的老猴精
才干得出这种奥妙把戏；
如今洛夫拉斯的大名鼎鼎、

① 内克（1732—1804）是法国政治家。——译者注

② 从第1到第4节，诗人写了他的情海浮沉，曾用《女人——〈叶夫根尼·奥涅金〉片段》为题发表，后来删去。第5节改为第7节。第6节原缺。——译者注

红鞋跟和华丽的假发①,
都已经不再时兴。

八

谁愿意天天装腔作势,
摇唇鼓舌,巧语花言,
本来人人皆知的道理,
你还得讲上好几遍,
洗耳恭听扭捏的回答,
还要打消古老的偏见,
用尽心机去破除
十三岁少女所没有的封建!
恫吓、哀求、佯装恐惧、
海誓山盟、诽谤和欺骗、
戒指、眼泪、六页长的情书、
姑妈的监视和母亲的防范,
这一切怎能不令人疲劳,
丈夫的友谊更令人不堪!

九

奥涅金正是这样想的。
他刚刚步入美妙的青春,
便误入歧途,一错再错,
成为疯狂情欲的牺牲品。
花花世界使他眼花缭乱,

① 红鞋跟和假发是18世纪贵族青年流行的装饰。——译者注

声色犬马，他都喜欢一阵，
厌烦了就丢在一边，
欲壑难填，只徒增烦闷，
轻易的成功更是无聊，
无论在热闹场或幽静无人，
他无时不听到内心的责备，
只好用微笑掩饰哈欠阵阵。
他这样消磨了整整八年，
虚掷了一生最宝贵的光阴。

十

如今他再也不爱女人，
只是逢场作戏，卖弄风情；
投梭见拒，转瞬怡然自得，
另有所欢，乐得养养精神。
他追求女人，不感到欢乐，
分手也毫无悔恨，
约略记得她们的爱与怨。
好像一位无心的客人
傍晚来打一局惠斯特，
随便坐下；赌完一轮，
便坐车扬长而去，
回到家神清梦稳，
次日早晨自己也不知道：
今晚到何处消磨光阴。

十一

但收到达吉雅娜的信之后，

奥涅金也深受感动，
少女充满幻想的语言
激起了他的思潮汹涌；
他想起可爱的达吉雅娜
苍白的脸庞和幽怨的倩影，
于是他的心也沉浸在
甜蜜而纯洁的梦境。
或许，在这一刹那间
他又陶醉于往日的激情；
但是他又不愿意欺骗
这天真无邪、信赖的心灵。
现在我们赶快到花园去，
看看他跟达妮亚的相逢。

十二

他们默默相对片刻，
于是奥涅金向前走几步：
“我猜是您给我写的信，
请不必否认，保准无误。
我发现了真诚心灵的告白
和天真无邪的爱的吐露；
您能开诚相见令我感动，
尽管我的感情早已干枯，
如今也被您的信打动了，
但是我不敢夸奖您的眷注。
为了报答您的一片赤诚，
我愿将心里话和盘托出；
请您听听我的自白，

评评我的做法对不？

十三

如果我愿意放弃自由，
在家庭的圈子里度过此生，
如果我该享受天伦之乐，
幸福的命运早已注定，
如果我曾经有一刹那
陶醉于家庭的幸福情景，
那么请相信，除您之外，
我绝不会另寻倾城。
我可以毫不恭维地说：
您就是我昔日理想的结晶，
我只会选择您做我的伴侣，
同我度过忧苦的残生，
您会给我带来美好的一切，
我会有多么幸福……难以形容！

十四

但我生来不该享福，
我的心跟幸福无缘；
您空自生得丽姿蕙质，
怎奈我不配您情意绵绵。
请您相信（凭良心做证）：
我们的结合将是一场灾难，
不管我多么热烈地爱您，
一旦习惯就会生厌。

那时您会偷偷地流泪，
可是眼泪打不动我的心弦，
反而只会惹得我发怒。
请您仔细斟酌一番：
月下老人为我们准备的是
多刺的玫瑰，要忍受多年。

十五

我不知道世上还有什么
会比不幸的家庭更坏：
可怜的妻子嫌丈夫不称心，
日夜顾影自怜，忧愁难排，
讨厌的丈夫明知妻子贤德
（却诅咒自己命运多舛），
总是愁眉不展，一声不响，
暴躁嫉妒，不讲恩爱！
这就是我的真实写照。
以您纯洁而热情的胸怀，
以您的纯朴和聪明过人，
您追求的可是这般蠢材？
难道说冷酷无情的命运
为您做出这样的安排？

十六

幻想和年华一去不复返了，
我的心灵也不会得到新生……
我对您情同兄妹，

可能比兄妹更深一层。
请不必生气，且听我说：
少女的春梦飘忽不定，
新梦和旧梦容易变换，
犹如冬天的树叶已经落净，
每逢春天又换上新绿。
看来这是命中注定。
您将另有所爱，不过……
您要学会控制自己的感情；
不是任何人都能理解您；
缺乏经验会铸成不幸。”

十七

奥涅金讲完这篇大道理。
达吉雅娜俯首恭听，默默无语，
泪眼模糊，什么也看不见，
心头憋得喘不出气。
奥涅金向她伸出手来。
她只觉得身上绵软无力，
凄然机械地靠着他，
头也发沉，垂得低低。
他俩绕过一带菜园，
一起来到客厅，进入座席，
然而并没人责怪他们。
傲慢的莫斯科有它的规矩，
乡下也有乡下的自由，
赋予人们以幸福的权利。

十八

我的读者，您一定会同意，
奥涅金此举可爱之极，
他对待伤心的达妮亚
表现出正直高尚的心地。
应该说，他不是第一遭。
尽管世人总是心怀恶意，
对他的任何过失都不放过，
他的朋友和他的仇敌
百般刁难，信口雌黄
（朋友和敌人可能并无差异）。
世上人人都有敌人，
可是上帝，朋友更令人晦气！
朋友啊朋友，令人一言难尽！
我不是无缘无故把他们提起。

十九

怎么回事？没什么。只是
平静一下阴郁无聊的幻想，
只不过顺便提一提——
一切最卑鄙无耻的诽谤，
由造谣家在顶间制造①，
经社交界的群氓到处宣扬；

① “造谣家”指费·伊·托尔斯泰（1782—1846），绰号“美国人”，原是普希金的朋友。曾在沙霍夫斯科伊住的顶间造谣，说普希金因为写《自由颂》在秘密厅受鞭笞。诗人为此曾打算与他决斗。——译者注

一切最荒唐无稽的坏话，
一切最粗野下流的中伤，
您的朋友会在体面人中间
以讹传讹，大讲特讲；
他们讲着，还满面春风，
不带一丝恶意或卑鄙心肠；
说起来，他对您爱护备至，
无以复加……像至亲一样！

二十

哼！哼！请问高尚的读者，
您的亲戚可都健康无恙？
请允许我离点儿题，
您也许愿意听我讲一讲：
亲戚到底意味着什么？
说起来，亲戚可不比寻常：
见到亲戚要表示亲热，
真诚相爱，恭敬异常，
每逢圣诞节佳期到来，
还要按照风俗登门拜访，
至少也要寄一封贺信，
求他们平时把我们遗忘，
免得一有机会就想到我们……
愿上帝赐给他们福寿绵长。

二十一

然而，多情美貌女人的爱

总比友谊和亲戚更为可靠，
不论遇到什么惊涛骇浪，
被爱的权利都不会失掉。
事实如此。可是时髦的潮流，
可是女人天生的任性高傲，
可是上流社会的流言蜚语……
女人原像杨花一样轻飘。
当然，家有贤惠的妻子，
夫唱妇随，其乐陶陶；
不过您那位忠实伴侣
转眼就会爱上英俊年少。
爱情本来就难于捉摸，
魔鬼爱拿爱情开玩笑。

二十二

谁值得爱？谁值得信任？
谁对我们不是三心二意？
谁能一举一动、一言一笑，
曲意迎合我们的心理？
谁不散布我们的坏话？
谁会爱护我们，小心翼翼？
谁不讨厌我们的毛病？
谁会永远不令人厌弃？
啊，我的最最尊敬的读者，
听我的劝告，别白费力气，
不必徒然去追求幻影。
要爱最好还是爱你自己，
这是唯一值得爱的对象，

此外，没什么值得爱的。

二十三

这次会面结果如何？
唉！读者不难猜测！
少女的芳心不胜愁苦，
却依然受着爱的折磨。
而且这没有欢乐的爱
比会面之前更加炽热；
可怜的达妮亚爱得发狂，
彻夜不眠，辗转反侧；
她的健康和少女的娴静、
笑容、欢乐和生命的花朵
都无声无息地消失了。
达妮亚的青春在凋落，
就像黎明的一片曙光，
突然被风暴的阴云吞没。

二十四

唉，达吉雅娜日益憔悴、
苍白、萎靡、沉默寡言！
任什么都引不起她的兴趣，
任什么都打不动她的心弦。
左邻右舍煞有介事地摇头，
窃窃私语，议论一番：
到时候了！她该出嫁了！……
但是算了，我不想再写失恋。

为了欢娱一下读者的想象，
我要画一幅幸福爱情的画面。
然而总有一股怜惜之情，
亲爱的读者，不禁充塞胸间，
因为我太爱达吉雅娜了，
请原谅我絮叨个没完。

二十五

连斯基越来越迷恋于
奥尔加的天姿国色，
他甘愿献出整个心灵，
从此被甜蜜爱情所俘获。
他们形影不离，常躲进
她的闺房，在黑暗中对坐。
或在花园里携手同行，
把美妙的晨光度过。
那又怎么样？连斯基
已经完全沉溺于爱河，
只是受奥尔加微笑的鼓舞
才敢带着初恋的羞涩，
吻一吻她的衣裾，
或抚弄一下鬈曲的发涡。

二十六

有时候他给奥尔加念上
一本警世醒人的长篇，
作者对大自然的了解

远远胜过夏多勃里昂①。
然而中间有那么两三页
（都是无聊的胡说和杜撰，
对少女的心灵难免有害），
他一翻而过，羞红了脸。
有时候找个僻静的去处，
两人摆上棋子对弈一盘：
他们用臂肘支着桌子，
若有所思，皱紧眉尖。
连斯基用卒吃自己的堡垒。
你看他多么心不在焉！

二十七

连斯基回到家里，
依然把他的奥尔加思念。
为她那写满题词的纪念册
赋诗作画，孜孜不倦：
用鹅毛笔蘸上水彩
画出一幅幅乡村画面，
或画座墓碑和爱神的庙，
或画一只白鸽立在琴端；
或在赠言留念的篇页上，
在别人写的题词下面，
写下他那多情的诗句，
作为相思的无言纪念，
飘忽的意兴留下的痕迹，

① 夏多勃里昂（1768—1848）是法国浪漫主义作家。——译者注

多年之后依然不变。

二十八

乡村小姐的这种纪念册，
您当然不止一次看见，
前前后后，上下左右，
都被闺秀们涂得稀乱。
那些诗没有什么格律，
长短不一，大约是口传，
为了表示忠贞的友情，
却有意跟正字法为难。
翻开第一页您会遇到：
“您将写下什么留言？”
署名是：您的安奈特；
在最后一页您会看见：
“谁要是比我更爱你，
请她接着写她的赠言。”

二十九

在这里您一定可以找到
火把和花、两颗心相交，
还会读到这样的誓言：
“愿能同你白首偕老。”
这里还有剽悍的诗句，
出于行伍诗人的创造；
这类纪念册，我的朋友，
如果要我写，倒甘愿效劳。

因为我深信不疑：
只要我竭力加以称道，
定会博得善意的青睐，
过后也不会对我恶意冷笑，
装模作样，评头品足，
说我写得太不警俏。

三十

说起那些华丽的纪念册，
原是魔鬼藏书室的点缀，
一本一本，无法编排，
倒让时髦诗人受够了罪。
托尔斯泰①挥动画笔，
巧夺天工，精心描绘，
巴拉登斯基也曾题过诗。
但愿天火把你们烧成灰！
当珠光宝气的贵妇人
递给我大纪念册装潢华贵，
我不由得打一阵寒战，
无名火起，如焚五内，
心中打好讽刺诗的腹稿，
却要挖空心思把她们赞美！

三十一

在年轻的奥尔加的纪念册里

① 费·彼·托尔斯泰（1783—1873）是俄国画家。——译者注

连斯基没有把赞歌唱，
也丝毫没有冷嘲热讽，
他的笔尖把爱情迸放，
有关奥尔加的所见所闻
他都如实地一一写上。
他的哀歌充满真情，
像江河一样自由奔放。
你呀，富有灵感的雅泽科夫①，
心潮澎湃时也是这样，
天知道你歌唱的是谁，
有朝一日你的哀诗行行
将汇成一本珍贵的诗集，
为你自己写下生平行状。

三十二

喂！静一静！你可曾听见？
苛刻的批评家②命令森严，
他要我们这些蹩脚诗人
抛弃哀歌的寒酸桂冠；
他喝道："不要哭哭啼啼，
老是唧唧哝哝地重复陈言，
一味哀悼昔日和往事。
够了！该把你们的调子换换！"
"你说得对，你大概要我们

① 雅泽科夫（1803—1846）是俄国诗人，早期擅长哀歌，有民主倾向，后来走向反动。——译者注

② "批评家"指久赫里别克尔。他曾著文反对哀歌，提倡颂诗。——译者注

搬出喇叭、匕首和假面具①，
让一大堆思想的僵尸
重新复活，借体把魂还。
对吧，朋友？”“不是那么回事！
诸位，请写颂诗多篇。

三十三

在光辉灿烂的古代
曾把颂诗当作典范……”
“只能写一本正经的颂诗！
够了，朋友，分什么高低贵贱？
可记得讽刺诗人②的名篇？
难道说你就那么喜欢
《别人的意思》里的狡猾诗人，
而对我们哀歌手横加白眼？”
“可是哀歌的确微不足道，
哀歌的宗旨渺小得可怜；
至于颂诗，则大不相同，
颂诗的宗旨高尚而庄严……”
这可以争论一番，不过算了，
我不想让两个世纪争长短。

三十四

连斯基追求名声与自由，

① 喇叭是悲剧的标志，匕首象征讽刺，假面具象征喜剧。——译者注

② 讽刺诗人，指德米特里耶夫（1760—1837），俄国寓言作家。他写的《别人的意思》就是讽刺以写颂诗讨好大人物的狡猾诗人。——译者注

一旦有了灵感，思潮激荡，
本可以写些庄严的颂诗，
可惜奥尔加未必欣赏。
可曾有喜欢洒泪的诗人，
每向意中人倾诉衷肠，
便琅琅读起得意之作？
据说，这是世间最高的奖赏。
的确如此，一个腼腆的恋人
面对着他所歌颂的女郎
诉说心中的一片痴情，
而她又美得令人魂飞神荡！
这当然是无上的艳福……
尽管她心中也许另有所想。

三十五

可我只好把我的诗作
读给儿时的伴侣老奶娘。
这都是终日遐想的果实，
谐声的游戏，节奏铿锵。
或在乏味的晚餐之后，
遇有邻人顺路相访，
出其不意把他拖到角落里
用悲剧①逼下他热泪两行。
或者（这绝不是开玩笑）
半为韵脚所苦，半为惆怅，
在寂静的湖边徘徊，

① “悲剧”指《鲍里斯·戈东诺夫》；邻人可能指三山村的亚·武尔弗。——译者注

惊起一群野鸭慌慌张张。
原来它们听到我的吟哦
便一哄而散，飞离湖旁。

三十六[①]、三十七

可是奥涅金现在怎样了？
读者，请您再忍耐片晌，
我要把他每天的起居，
一五一十，说个端详。
奥涅金过的是隐士生活，
夏天早六点他就起床，
披上衣服出外散散步，
到山脚下湍急的小河旁；
游过他的达达尼尔海峡，
模仿格鲁纳尔歌者②的榜样，
然后回家喝上一杯咖啡，
翻翻乏味的杂志，一目十行，
这才穿好衣服……③

三十八[④]、三十九

一本书，一晌酣梦，
一溪水声，一林清荫，
黑眸金发女郎有时赏给

---

① 这一节大意说：人各有所好。初版时曾发表，后来删掉。——译者注
② 格鲁纳尔是拜伦的《海盗》中女奴的名字。“歌者”指拜伦，据说他在1810年曾游水过达达尼尔海峡。——译者注
③ 下面被删掉的话是：不过您未必穿过这样的服装。——译者注
④ 这一节描写服装，被删去。——译者注

一个年轻而新鲜的吻，
一匹温驯的快马，
一瓶清澄的香槟，
一顿精细可口的晚餐，
孤独，幽静，闲步散心——
这就是奥涅金神圣的生活。
他不动感情，随波浮沉，
过着无忧无虑的生活，
不珍惜盛夏的一刻千金，
忘记了节日的繁文缛礼，
也忘记了城市和友人。①

四十

但是我们北方的夏季
不过是南国冬景的漫画。
人人知道，夏天一闪即逝，
却不愿承认它如一现昙花。
太阳渐渐不大露面，
阴霾的天空秋气肃杀，
白昼一天比一天短，
郁郁的树木露出枝丫，
落叶萧萧，无限凄凉，
浓雾滚滚，迷漫天涯，
雁阵横空，纷纷南归，
啼声嘹亮，更令人愁煞。
寂寞的时节就要降临，

① 据作者在通信中说，这一节写的是他自己的生活。——译者注

十一月已经来到眼下。

四十一

曙光从一片寒云中升起，
田间的劳作声早已沉寂，
饥饿的母狼也随着公狼
到大路觅食，毫无顾忌；
过路的马一察觉狼群，
便惊慌起来，打起响鼻，
胆小的旅人策马飞奔，
急急忙忙向山里跑去；
牧童不再赶牛去放牧，
早晨也听不到他的短笛，
中午也不用把牛圈上；
只有农家的小木屋里
少女①一边唱歌，一边纺线，
把松明当作冬夜的伴侣。

四十二

冬天到了，严寒凛冽，
大地上一片银光。
（读者已在等待韵脚，
信手拈来，请您鉴赏！）
小河披上亮晶晶的冰，
比拼花地板还要漂亮；

---

① 杂志上表示惊奇，怎么可以把普通的农家姑娘叫作“少女”，而在后面却把高贵的小姐叫作“丫头”。

儿童天生无忧无虑①，
登上冰刀，滑得唰唰响；
一只笨鹅蹒跚走来，
小心翼翼把红蹼放到冰上，
原想下到小河里游泳，
没料到一跤跌了个后仰；
欢乐的初雪，闪烁呀，飞舞哇，
好像满天星星落到岸上。

四十三

这个时节在穷乡僻壤
有什么事情可做？
散散步？这时的风景
一片荒凉，怎能不感寂寞？
那么骑上马，到野外兜风，
马掌磨光了，千万骑不得，
马走到冰上，不住打滑，
稍不留神就会把你跌落。
不如待在家，闭门读书，
这是普拉德②，那是司各特③。
不想看书？那就查查账、
发脾气、喝酒，把长夜消磨。
明天当然还是老一套，
这样，一冬就过得不错。

---

① 有位批评家指出：“这是说，孩子们在滑冰。”正是如此。

② 普拉德（1759—1837）是法国政治家，曾为拿破仑充当宫廷神父。他的政论文颇受欢迎。——译者注

③ 司各特（1771—1832）是英国著名小说家，他的历史小说对普希金颇有影响。——译者注

四十四

奥涅金简直跟哈罗德一样，
懒懒散散，沉湎于遐想，
早晨醒来洗个冰水浴，
然后整天躲进台球房；
手里握着秃头的球棍，
一早就俯在球案上，
一个人拨拉两个球，
左瞄右瞄，盯住不放。
乡村的黄昏来得早，
把台球和球棍扔到一旁，
在壁炉根上摆上饭桌，
奥涅金等候连斯基来访——
三匹灰马拉着一辆快车。
赶快开饭！传呼连忙。

四十五

霎时仆人送来了香槟，
或是“莫哀特”或是“克利口”，
装在冰冷的酒瓶里，
待客的都是法国名酒。

就像伊波克林泉①—一样②，
闪闪有光，泡沫成球，
绚丽的酒花（像这又像那③）
令我醺醺然沉醉已久，
常常喝光最后一个铜板。
可曾记得，亲爱的朋友？
神奇莫测的琼浆玉液
曾惹得我们争论不休，
引起多少笑话！多少诗篇！
多少蠢事和好梦无忧！

四十六

但是香槟酒花喧响
早已不合我的胃肠，
从此爱上了波尔多④
温和适度，以免贻笑大方。
至于阿伊⑤，我已不能胜任。
阿伊很像情妇模样：
妖艳妩媚，性情活泼，
却轻佻浅薄，喜怒无常……

---

① 伊波克林泉在希腊，意为“马泉”。据希腊神话说，这个泉是马刨出来的，能发人灵感。——译者注

② 在幸福的少年时代
我爱富有诗意的阿伊酒，
爱它那嗞嗞响的泡沫，
爱它像爱情一样令人沉醉，
或者像奔放的青春，等等。
（致弟弟）

③ “像这又像那”指像爱情和青春。参看本章第45节注释②。——译者注

④ 波尔多是法国出产的名葡萄酒。——译者注

⑤ 阿伊是法国出产的名香槟酒。——译者注

而你——波尔多，很像老朋友，
消愁解闷，有难同当，
在任何时候、任何地点
你都愿意为我们帮忙，
或伴我们消磨闲暇，
波尔多朋友，祝你万寿无疆！

四十七

炉火熄了，一层薄灰
覆盖着金色的火炭；
看得见蒸气徐徐升起
壁炉的热气阵阵扑面。
桌上的高脚杯嗞嗞响。
长烟管冒出袅袅青烟，
缭绕盘旋，飞进了烟囱。
窗外已是暮色昏暗……
（我喜欢在黄昏时候
跟朋友一起饮酒聊天，
不过，法国人把黄昏
偏偏叫作狼犬之间，
我不知其中有何道理。）
且听听两位朋友闲谈：

四十八

“喂，芳邻怎么样？达吉雅娜
和你那位奥尔加别来无恙？”
“再来半杯……够了，亲爱的……

她们全家都很健康；
还特地让我给你带好。
啊！奥尔加越来越漂亮！
圆圆的肩头，高高的胸脯！
她的心灵多么善良！……
我们去走走，让她们高兴高兴，
不然的话，朋友，请你想一想：
总共你才去过两次，
从此再也不登门拜访。
对了……你看我多糊涂，
下星期她们请你赏光。”

四十九

“我？”“是的，下星期六
是达吉雅娜的命名日。
奥尔加和老夫人让我请你，
这回你无论如何不能推辞。”
“可是那里一定去不少人，
乡绅土著，庸俗之至……”
“我相信，不会有外人！
有谁呢？都是自家人。你就做件好事，
我们去一趟，你看怎么样？”
“好吧。”“这才够朋友意思！”
说着举起杯，一饮而尽，
算是预祝达吉雅娜的节日，
接着又滔滔不绝地谈起
他的奥尔加。爱情就是如此。

五十

他快活已极，佳期在即，
再过两周就要举行婚礼，
那顶甜蜜的爱情花冠，
燕尔新婚的枕席秘密，
都在等待他的无限欢喜。
而婚姻带来的麻烦、悲戚
和接踵而来的冰冷、哈欠，
从未曾进入他的梦里。
而我们这些月老的死敌
只感到家庭生活枯寂，
好像一幕幕无聊的画面，
仿佛拉丰丹①写的婚姻悲剧……
可是我可怜的连斯基
却天生适合：宜尔室家。

五十一

有人爱他……至少他是这样想，
于是他便喜气洋洋。
谁要能一片痴情，
怡然自得，沉醉在温柔乡，
把冷静的理智蒙蔽，
这种人便会幸福无疆，
犹如酒醉的旅人入梦，

① 奥古斯特·拉丰丹，写过许多家庭小说。

犹如春日蛱蝶吮吸花香；
然而另一种人就太可怜了，
他们已经历尽情海沧桑，
再不为爱情而神魂颠倒，
头脑清醒，看透世态炎凉，
别人一言一语，一举一动，
他们都看出其中的卑鄙心肠。

第五章

啊！我的斯维特兰娜，
愿你没做过这样可怕
的梦！
茹科夫斯基

一

那一年秋日晴和，
流连不去，格外长。
冬天姗姗来迟，直到
正月初二才大雪飞扬。
达吉雅娜一早醒来，
隔着窗子向外一望：
早晨的庭院一片洁白，
白花坛、白屋顶、白色院墙；
玻璃窗绘出玲珑的花纹，
树木穿上银白的冬装；
喜鹊快活地跳来跳去，
严冬织的地毯闪闪发光，
轻轻巧巧地覆盖着远山。
琉璃世界有多么明亮！

二

冬天到了！……庄稼人欣逢佳节，
赶着雪橇开辟新道。
他的瘦马嗅到了雪味，
在雪地里吃力地奔跑。
带篷的雪橇疾驰如飞，
留下两条蓬松的沟槽，
车夫坐在前面的座位上，
腰扎红带子，身穿羊皮袄。
看，仆人家的孩子跑来了，
装作马儿拉起爬犁快跑；
小淘气把手指都冻红了，
他又是疼，又想笑，
爬犁上还拉着一只小狗，
妈妈还隔窗对他喝叫……

三

然而也许您并不欣赏
这类平淡无奇的图画。
这都是粗俗的风景，
谈不上什么优美文雅。
有位诗人受到诗神的启示，
曾经用堂皇富丽的笔法
来描绘初雪的景色

和冬日的快乐生涯①，
比如乘雪橇秘密出游，
写得热情奔放，生动如画。
我相信早已使你陶醉，
我无心跟他竞争才华，
还有你——芬兰少女的歌者②，
我也无意同你见个高下。

四

达吉雅娜土生土长，
生就俄罗斯人的心田，
她自己也不知为什么
偏偏喜爱寒冷的冬天：
天寒日丽，严霜飞舞，
晚霞残照，雪地红艳；
她爱奔驰如飞的雪橇，
爱主显节昏黑的夜晚③。
节日晚上按照古老风俗，
她家总要问卜求仙：
全家的婢女聚在一起
为两位小姐问询姻缘。
她们的预言年年一个样：
姐妹俩都得远嫁军官。

① 见维亚泽姆斯基的诗《初雪》。
② 见巴拉登斯基在《艾达》一诗中对芬兰冬景的描写。
③ 主显节夜晚，指俄历1月6日（公历1月19日）。——译者注

五

达吉雅娜还挺迷信，
把古老的传说记在心间。
她相信月亮和梦的征兆，
也常常用纸牌卜占。
好像一切东西都挺神秘，
都会向她预示什么灾难。
各种征兆使她担惊受怕，
忐忐忑忑，心神不安。
如果小猫蹲在炉子上
咪咪地叫，用爪子洗脸——
这是要来客人的兆头，
她相信一定灵验。
突然她看到一钩新月
从左边升起，两角弯弯，

六

立刻吓得脸色发白，
六神无主，浑身打战。
如果有颗彗星划过天空，
突然散作碎花万点，
达妮亚急忙停下脚步，
趁星星没落之前，
羞答答地向它倾诉衷肠。
如果在哪里突然遇见
一位身穿黑袍的修士，

或者有只兔子跑在田间
突然从她面前横道而过，
她便会产生不祥的预感，
吓得发呆，惊慌失措，
只有等待临头的大难。

七

那又怎么样？她发现
恐怖里含有秘密的快乐。
老天本来就喜欢矛盾，
给人造就了矛盾的性格。
圣诞节期①到了，真热闹！
老老少少，打卦问课。
年轻的姑娘不知愁，
跳来跳去，无比快活，
她们面前的人生远景
光辉灿烂，无比宽阔；
老太婆已经行将就木，
失掉的一切不可再得，
却也戴上花镜，想听听
希望所编造的天真胡说。

八

达吉雅娜望着蜡油沉水，
用好奇的目光仔细观看：

① 圣诞节期，指从圣诞节（俄历12月25日）到主显节（俄历1月6日）。——译者注

蜡油凝结成奇异的花纹，
向她宣告奇异的预言；
姑娘们从盛水的盘子里
一只一只往外捞指环；
捞出达妮亚的指环时，
轮到古老的歌谣一段：
“那里的庄稼人都很富，
白花花的银子堆成山；
谁轮到这支歌谁走运，
谁就荣耀！”但歌声哀怨，
向她预示不祥和丧气①；
不如《小花猫》合少女的心愿②。

九

寒冷的冬夜天空晴朗，
灿烂的群星轻轻荡漾。
啊！多么和谐，多么美妙……
达吉雅娜穿着袒胸的衣裳，
跑到宽敞的庭院里，
拿着小镜子对准月亮③。
但是在暗淡的镜子里
只有月亮凄清的面庞……

① 按俄国民谣记载：这段歌谣主发财，从文字内容也可推测出来，但作者的解释不同，不知有何根据。——译者注

② 公猫唤母猫
到炉坑上去睡觉。

这首民歌主婚事；第一首主死亡。

③ 据传说，用小镜子可以看到未婚夫的相貌。——译者注

听，雪咯吱咯吱响……有行人……
她蹑手蹑脚急忙赶上，
娇声问道：“您叫什么名字？”①
声音比芦笛还悠扬。
过路人一边打量少女，
一边回答：“阿加方。”

十

达吉雅娜听奶娘的主意，
打算在晚上算一卦，
悄悄吩咐在浴室里
摆上一桌饭菜、两份刀叉②；
可是达吉雅娜突然害怕了……
连我一想到斯维特兰娜，
都吓得心惊胆战……好了，
我们不必再让达吉雅娜卜卦。
你看，她已解开丝腰带，
脱下衣衫，上床躺下，
爱神在她头上飞来飞去，
那面小镜子依然伴着她，
悄悄藏在绒毛枕头下面。
夜深人静，她已梦绕天涯。

十一

达吉雅娜做了个怪梦，

① 用这种办法可以知道未婚夫的名字。

② 这也是一种占卜方法，说是未婚夫的灵魂可能来吃饭，用小镜子可以照到。——译者注

仿佛她走在林中，
林中空地白雪皑皑，
烟雾弥漫，冷冷清清；
在前面的雪堆中间
有一条湍流咆哮奔腾，
黑色的河水，白色的浪花，
严冬时节竟然不结冰；
河上架着一座小木桥，
摇摇颤颤，用两根木杆搭成，
被冰雪冻结在一起，
稍不留神就要丧生。
她对着滔滔的深渊止了步，
进退两难，无所适从。

十二

达吉雅娜仿佛不忍别离，
对着河水怨诉不已；
对岸不见一个人影，
谁能扶她走过桥去？
突然雪堆摇晃起来，
不知何物从里面爬起——
原来是只毛茸茸的狗熊；
达吉雅娜一声惊啼，
狗熊突然号叫起来，
伸出大掌要扶她过去。
她壮着胆扶住熊掌，
手也哆嗦，脚也战栗，
勉强过了桥拔腿就跑——

狗熊跟定了她，寸步不离！

十三

她吓得连头也不敢回，
急急忙忙加快脚步，
但是怎么也甩不掉
这个长毛蓬松的奴仆；
可恶的狗熊一摇一晃、
吭吭哧哧地把她跟住。
前面出现一片森林，
苍翠的松树伫立肃穆，
厚厚的雪片落满树枝；
林中有白杨、白桦和椴树，
光秃的树梢洒下星光；
前后左右都没有路，
灌木、悬崖被埋在雪里，
一切都被暴风雪盖住。

十四

达吉雅娜钻进森林，
狗熊跟在后面紧跑；
松散的积雪陷到膝盖，
长长的树枝弯曲缠绕，
忽而挂住她的脖颈，
忽而把金耳环挣掉；
皮鞋湿了，陷进雪里，
只好光着一只脚；

头巾掉了也不敢拾，
只听狗熊还在后面咆哮，
吓得她两只手打哆嗦，
想提起裙子又觉得害臊；
她在前面跑，熊在后面跟，
直到她再也无力奔跑。

十五

她跌倒了，狗熊手疾眼快，
把她抱起来往前跑；
她一动不动，大气不出，
任它摆布，人事不晓；
狗熊沿着小径疾走如飞，
突然有座窝棚又矮又小，
被苍茫的大雪埋在底下，
四周树木莽莽，人迹稀少；
小小的窗口灯火通明，
里面人语喧哗、一片怪叫；
狗熊说："我的干亲住在这儿，
你可以暖暖身子歇歇脚！"
说罢径直走进外屋，
把她放在门槛上，扬长走掉。

十六

达吉雅娜醒来四下一看，
狗熊不见了，她躺在门旁；
屋里好像在办丧事，

人声嘈杂，杯盘乱响。
她懵懵懂懂，莫名其妙，
从门缝里悄悄窥望，
她看见了什么呢？……
有一群怪物围在桌旁：
一个长着狗脸，头上生角，
一个长着公鸡脑袋朝上仰，
有个长山羊胡子的老巫婆，
还有个古板的骷髅趾高气扬，
这里有个长尾巴的侏儒，
那里有个长着鹤腿猫相。①

十七

还有些更可怕的怪物：
蝲蛄骑在蜘蛛的身上，
雁脖子上长个死人头，
戴着小红帽，东张西望；
磨坊一蹲一蹲地跳舞，
风车摇摇摆摆咔嚓响，
人语声、马蹄声、狗叫声、

① 第16、17两节所写的饮酒场面，形象都借自民间童话，借以讽刺俄国小地主，并跟这一章的第25到第29节的内容互相照应。——译者注

狂笑、唱歌、口哨和拍掌！①
忽然她在这群客人中间
认出那个她又爱又怕的模样——
我们这部小说的主人公！
这时她心中该作何想？
奥涅金坐在桌子旁边，
偷眼朝门口窥望。

十八

他一摆手，大家忙于奔走，
他一声笑，大家打哈哈凑趣，
他一举杯，大家喝呀，叫呀，
他一皱眉，大家都默然不语——
显然，他是这里的主人。
达妮亚不再那么惊悸，
反而怀着强烈的好奇心
轻轻地把房门微启……
突然一阵风刮进小屋，
把油灯全都吹熄。
群妖吓得惊慌失措，
奥涅金砰然从桌旁站起，

① 有的杂志指责 хлоп（拍掌）、топ（马蹄声）、молвь（人语声）是硬造的新词，用得不当。其实这些都是地道的俄语词。“鲍瓦从帐篷里出来乘凉，听见田野里一片人嚷（молвь）马驰（хлоп）。”（《鲍瓦王子的故事》）。土语里常用 хлоп 代替 хлопание，就像用 шип 代替 шипение（嘶嘶声）一样。

他发出蛇一样的嘶嘶声（шип）。
（俄国古诗）

不应该限制使用我国丰富而优美的语言的自由。

目光炯炯，怒不可遏，
全体起立，他朝门口走去。

十九

这回可把达吉雅娜吓坏了：
她想跑却转不得身，
她想叫，拼命挣扎，
却叫不出一点儿声音；
奥涅金一下子把门推开，
可怜的少女未定惊魂，
暴露在这群幽灵面前；
他们哄然大笑，狰狞瘆人，
群妖的眼睛、弯弯的长喙、
胡子、獠牙、长舌血淋淋、
大蹄子、毛茸茸的尾巴、
犄角和趾爪瘦骨嶙峋——
所有的怪物都指着她：
“我的！我的！”叫喊纷纷。

二十

“我的！”奥涅金厉声喝道，
群妖顿时逃避遑遑，
在寒冷的黑屋里只剩下
少女和她的情人双双；
他把她悄悄拉到墙角①

① 我们有位批评家似乎认为这两行诗有伤大雅，令人莫解。

轻轻放到长凳上，
可惜这条长凳摇摇晃晃，
他俯下头偎着她的肩膀。
突然奥尔加推门而入，
后面是连斯基；一道亮光；
奥涅金气冲冲扬起手，
恶狠狠地怒目相向，
责怪这两位不速之客；
达吉雅娜吓得面色土黄。

二十一

他们的争吵越来越激烈，
奥涅金抓起长刀一扬，
连斯基一下子被砍中了；
天昏地暗，伸手不见掌。
猛然间，一声惨叫……
只觉得小草房一晃……
达妮亚从梦中惊醒了……
睁眼一看，屋里通亮；
嫣红的早霞绚烂多彩，
射进结冰花的玻璃窗；
门开了，奥尔加比燕子还轻盈，
比早霞还红润，跑到床旁。
她说："姐姐，你梦见了谁？
快点儿对我讲一讲！"

二十二

可是她并没理会奥尔加，

躺在床上默不作答，
只管抱着一本书，
翻来翻去，不肯放下。
这本书里固然没有
玄妙的道理和绘画，
或诗人的甜蜜的臆想；
然而无论是维吉尔、塞内加①，
还是拉辛、司各特和拜伦，
甚至《妇女时装杂志》② 的插画，
都未曾如此引人入胜。
朋友，此书作者马丁·扎杰卡③——
古代星相家的领袖。
他既会圆梦，又会占卦。

二十三

这部玄奥的著作
原是走城串乡的小贩
偶尔来到这偏僻的乡村，
连同《玛尔温》④ 残缺不全，
一起让给了达吉雅娜，
讲妥三个半卢布的价钱，
另外他又要去点儿搭头——
一本粗俗不堪的寓言、

---

① 塞内加（公元前4年—公元65年）是古罗马哲学家兼剧作家。——译者注

② 当指沙利科夫办的《妇女杂志》。——译者注

③ 我国占卜的书都是马丁·扎杰卡商行出版的，据 Б. М. 费多罗夫说，这位可敬的马丁·扎杰卡从来没写过占卜书。

④ 《玛尔温》是法国女作家克坦（1770—1807）的感伤主义小说。——译者注

一本文法、两篇《彼得颂》①，
还有玛尔蒙特尔的第三卷②。
从此这本书便成了
达吉雅娜心爱的侣伴……
使她逢凶化吉，消愁解闷，
到晚上陪着她安眠。

二十四

这场梦令她心神不安，
她猜不出其中的奥秘，
达吉雅娜想要找出
这场噩梦包含的意义。
达吉雅娜打开目录，
按照字头的顺序：
松林、风雪、巫婆、云杉、
刺猬、黑暗、桥、熊、小溪……
马丁·扎杰卡的大作
也解不开她一团疑虑；
不过这场梦凶多吉少，
预示她有许多不幸遭遇，
事过之后，一连好几天
她都放心不下，精神抑郁。

---

① 《彼得颂》可能指俄国诗人格鲁金采夫写的，于1812、1817年出版；另外，斯拉德科夫斯基和希赫玛托夫也写过歌颂彼得一世的长诗，先后于1803和1810年出版。——译者注

② 玛尔蒙特尔（1723—1799）是法国作家，这里当指他的《风土故事集》。——译者注

二十五

看，早霞从黎明的山谷
伸出手掌似的红光万道①，
拉起太阳升上天空。
命名日②开场了，好不热闹。
拉林家一早就高朋满座；
邻居们乘着马车和雪橇——
有带篷和不带篷的、半截篷的，
携带全家大小，纷纷来到。
前厅里人声嘈杂，摩肩接踵；
客厅里新相识见面问好，
巴儿狗的吠叫、少女的接吻、
门口的拥挤、喧哗和欢笑、
客人的鞠躬、立正敬礼、
乳母的吆喝和婴儿的哭叫。

二十六

脑满肠肥的普斯佳科夫③
携带夫人，又高又胖；
格沃兹金是出色的地主，

---

① 戏仿罗蒙诺索夫的名句：

朝霞用紫红的手
拉着太阳
跳出早晨平静的海面，等等。

② 达吉雅娜的命名日为1月12日（教历）。——译者注

③ 普斯佳科夫的意思是一钱不值。——译者注

可他的农民都穷得精光；
斯科季宁①，一对白发夫妻，
膝下的子女挨肩成行，
从三十直到两岁一个不缺；
佩图什科夫②，乡村的公子浪荡；
还有我的堂兄布扬诺夫③
（您一定熟悉他那副尊相），
沾着绒毛、戴鸭舌帽④；
还有文官弗良诺夫⑤已告老还乡，
他是小丑、老滑头加造谣专家、
酒囊饭袋，还枉法贪赃。

二十七

还来了一位法国教师蒂凯，
陪着潘菲尔·哈尔利科夫一家；
他来自唐波夫城，谈吐风趣，
戴着眼镜和红色的假发。
他按照法国人的风俗
拿出一首歌献给达妮亚：

---

① 斯科季宁的意思是畜生，来自冯维辛的《纨绔子弟》。——译者注

② 佩图什科夫的意思是公鸡，取其好斗之意。——译者注

③ 布扬诺夫是普希金伯父瓦西里·普希金的讽刺诗《危险的邻居》的主人公，因之诗人称为堂兄。——译者注

④ 布扬诺夫，我的邻居。
…………
昨天跑到我家，胡子拉碴，头发蓬乱，
沾着绒毛，戴一顶鸭舌帽。
（《危险的邻居》）

⑤ 弗良诺夫的原型，据说是五级文官伊·兰诺夫。普希金曾写诗讽刺过他。——译者注

"快快醒来吧，睡美人"①，
那曲调连小孩都会哼呀。
蒂凯是个机灵的诗人，
在古代歌集里发现了它；
尽管曲调已陈腐不堪，
蒂凯却能让它重放光华，
还大胆把"美丽的尼娜"
改成"美丽的达吉雅娜"。

二十八

附近城镇有一位连长
匆匆忙忙赶来赴会。
军官是待嫁小姐的偶像，
也是母亲们的莫大安慰。
他带来了不起的新闻：
驻军马上派来乐队！
这是团长亲自下的令。
真开心：将有一场舞会！
丫头们早已手舞足蹈②；
可是该开饭了，摆上山珍海味。
男男女女双双进入餐厅，
小姐们聚集在达妮亚周围，
男人坐在对面，画着十字，
一窝蜂似的各就席位。

① 这是当时流行的法国歌曲，作者是法国剧作家迪弗雷尼（1648—1724）。——译者注

② 我们有些忠实崇拜女性的批评家，严厉谴责这行诗有失文雅。

二十九

谈话声暂时沉寂下来，
嘴嚼着东西；只听得四下
酒杯碰得叮当响，
盘碟刀叉，噼里啪啦。
不一会儿客人又吵作一团：
谁也不听别人说什么话，
尖声尖气，争论不休，
纵声大笑，叫喊喧哗。
门忽然开了——连斯基走进来，
后面是奥涅金。“哎哟，天哪！”
女主人叫起来：“你们可来了！”
客人们连忙移动刀叉，
把椅子往两旁挤挤，
招呼两位朋友坐下。

三十

他俩坐在达妮亚对面，
她战战兢兢像受惊的小鹿，
脸色苍白，像向晓的残月，
不敢抬起眩晕的双眸。
热情的火焰在胸中燃烧，
心里憋闷，一阵阵迷糊，
客人们的问候她没听见，
盈盈热泪夺眶欲出，
可怜的达妮亚险些昏倒，

昏昏沉沉，精神恍惚，
幸亏意志和理智占了上风。
她从牙缝里好容易吐出
两个细微的字眼儿，
勉强支撑着在席上坐住。

三十一

悲剧式的神经发作、
少女的昏厥、哭哭啼啼，
奥涅金早已经受够了，
如今唯恐避之不及。
这个怪人赶上盛大宴会
怏怏不乐，恨恨不已，
再看到怀春少女的冲动，
便恼怒地把目光垂低，
不由得无名火起，暗暗发誓，
一定要把连斯基气气，
好好地报复他一下。
想到这里，不免暗暗得意，
开始端详宾客们的嘴脸，
暗自揣摩每幅漫画的主题。

三十二

当然不止奥涅金一人
能发现达妮亚的不安；
然而大家的目光和议论
都被流油的馅饼所独占

（不幸的是口太重了）；
烤肉已上过、杏仁冻未上之前，
仆人送来齐姆良甜酒，
一瓶瓶用树胶封严；
接着是一串细长的高脚杯，
宛如你那柳腰纤纤，
姬姬①，我心中的水晶，
你激发了多少无邪的诗篇，
好比爱情的诱人的酒杯，
常常令我沉醉陶然！

三十三

砰的一声拔出瓶塞，
瓶中的美酒吆吆响；
蒂凯饱受这首歌的折磨，
站起身来，庄重大方；
客人一个个鸦雀无声，
达吉雅娜却脸色土黄。
只见蒂凯手捧着歌篇，
对她发出热情的歌唱，
尽管他唱得难免走调，
却也博得喝彩和鼓掌。
达妮亚连忙行个屈膝礼，
伟大的诗人诚恐诚惶，
第一个举杯为她祝酒，
并把歌篇送到她手上。

① 姬姬是爱称，全名是叶夫普拉克西亚·尼古拉耶芙娜·武尔弗（1810—1883），住三山村，是普希金的芳邻。——译者注

三十四

客人纷纷起来祝贺，
达吉雅娜一一答谢殷勤。
轮到了奥涅金祝酒，
看到少女的憔悴苦闷，
那副羞涩和疲惫神情，
不禁产生出怜惜之心：
默默地向她鞠了一躬，
但是目光却脉脉情深。
莫不是他真的受了感动，
还是卖弄风情戏耍人？
他到底是真情还是无意？
不论怎么说，他那副眼神
流露出如许的柔情，
重新点燃了少女的芳心。

三十五

椅子被推得叮叮哐哐，
客人一哄而去，回到客厅，
好像蜂群离开蜂窝，
嗡嗡一阵，飞向花丛。
个个吃得酒足饭饱，
老邻居相对而坐，呼哧连声，
太太们都围着壁炉，
小姐们在角落里咕咕哝哝。
绿色牌桌一张张摆开，

引起赌徒们大好牌兴，
有老人玩的“波士顿”和“龙勃勒”，
还有“惠斯特”，如今鼎鼎大名，
它们都是本家，一副模样，
都是无孔不入的寂寞所生①。

三十六

这些“惠斯特”的高手
转眼已打完八圈牌，
他们换过八次座位，
直打到仆人送上茶来。
我爱用正餐、吃茶、宵夜
来计算时间；乡居自在，
不必终日遑遑，盯着时钟，
胃口就是最好的布列盖②。
写到这里我要顺便说明，
我的诗好写哪些题材：
我常常描写盛大宴会、
山珍海味和瓶塞；
这倒跟你相似，神圣的荷马，
三千年来无人不将你崇拜！

---

① 最后一句影射当时的政治黑暗，青年人无事可做，只好在牌桌上消磨时光。——译者注

② 布列盖即布列盖表，见第一章第15节注②。——译者注

三十七、三十八[1]、三十九

上茶了，小姐们温文尔雅
端起碟来刚要喝茶，
突然，长长的客厅里
巴松管和长笛乐声齐发。
佩图什科夫是左近的帕里斯[2]，
推开了加罗木酒的红茶，
隆隆的乐声令他颠倒，
捷足先登去请奥尔加；
连斯基走到达吉雅娜面前；
待嫁的老小姐哈尔利科娃
自有唐波夫的诗人陪伴；
布扬诺夫拉走普斯佳科娃。
众人一下子涌进大厅，
这场舞会多少辉煌豪华！

四十

在这部长篇小说的开头
（请参看本书的第一章），
我曾想用阿尔巴尼[3]的笔法
描绘一下京城舞会的盛况；
但我沉湎于往事的回忆，

---

① 第37、38两节是插笔。作者在这两节中说，他写宴会要超越荷马，而写战争要让荷马一筹。初版时曾发表，后来删掉。——译者注

② 帕里斯是荷马《伊利亚特》中的美男子，他拐走斯巴达王的妃子海伦。——译者注

③ 阿尔巴尼（1578—1660）是意大利画家，以笔调细腻著称。——译者注

陶醉于无谓的非分之想，
怀恋女人的纤纤玉足。
啊！玉足！我已不再上当，
追随你的踪迹到处奔波！
随着青春消逝，年纪渐长，
我应该变得聪明些了，
处世行文都要改弦更张。
第五章要写得干净利落，
闲话和插笔一扫而光。

四十一

华尔兹舞单调而疯狂，
有如年轻人生活的旋风，
对对舞伴不停地旋转，
聒噪的音乐震耳欲聋。
看到报复的机会来到，
奥涅金不由得暗暗高兴，
走向奥尔加，请她跳舞，
两人在客人面前跳个不停。
然后扶她在椅子上坐下，
东拉西扯，谈笑风生。
不一会儿华尔兹又响了，
他又抱住她旋转如风；
人人都诧异。连斯基
不敢相信自己的眼睛。

四十二

马祖卡舞曲响了。

从前每当马祖卡舞开场，
整个大厅都颤抖起来，
鞋跟把地板踩得咔咔响，
窗框摇动，玻璃也震颤。
如今已没有昔日的风光：
我们轻飘飘地滑来滑去，
跟扭扭捏捏的女人一样。
但在外省的城镇和乡村，
未曾改变马祖卡的形象：
跳跃、踩鞋跟、撅小胡——
依然保持昔日的盛况，
虽然最现代的俄国人
追求时髦，如痴如狂。

四十三[①]、四十四

我好闹的堂兄布扬诺夫
走到我们的主人公面前，
他把两姊妹全都领来；
奥涅金拉着奥尔加起舞翩翩，
挽着她漫不经心地跳着，
向她附耳蜜语甜言，
说些庸俗的恭维话，
捏捏她的手，她飞红了脸，
流露出得意的神情，
两朵红云越来越鲜艳。
连斯基把一切都看在眼里，

① 第43节描写跳舞情况，初版时曾发表。——译者注

不由得怒气填膺，妒火炽燃。
诗人想请她跳“科奇里翁”，
只等马祖卡舞跳完。

四十五

但是她不能跳。不能跳？
这有什么？有约在先，
她已经答应了奥涅金。
天哪！这是什么话？她竟然……
能有这种事？这个风骚丫头
才离襁褓，乳臭未干，
竟然学会了朝三暮四，
竟然学会了诡计多端！
连斯基受不了这种打击，
把女人的捉弄诅咒千遍，
出门上马，飞驰而去。
只要一对手枪、两颗子弹，
便可以决定他的命运，
顷刻间便可解脱苦难。

第六章[1]

那儿云雾弥漫，白昼
短暂，那儿的民族，死亡
不知痛苦。
彼特拉克

一

一见连斯基不辞而别，
奥涅金又感到无聊，
报复心已如愿以偿。
思虑重重，舞兴全消。
奥尔加也跟着打哈欠，
左顾右盼把连斯基寻找。
这没完没了的科奇利翁
好像一场噩梦令她苦恼。
舞会终于完了。吃过消夜，
需要安静地睡上一觉。
从门口直到女仆的房前
一张张床铺摆满过道。
只有奥涅金不肯留下，

① 这一章写于十二月党人起义失败之后，调子比较低沉。——译者注

一个人跑回家去睡觉。

二

一切都沉寂了：客厅里
普斯佳科夫夫妇鼾声响亮。
格沃兹金和布扬诺夫，
还有弗良诺夫（酒醉酣畅）
和花花公子佩图什科夫
都睡在饭厅里，椅子做床；
法国教师蒂凯身穿绒衣，
戴着睡帽，睡在地板上。
在达吉雅娜姐妹的闺房里
各家小姐早已进入梦乡。
只有可怜的达吉雅娜没睡，
一个人愁闷地站在窗旁，
身上洒满明月的清辉，
向黑魆魆的田野里眺望。

三

他这次令人意外的出现，
一瞬间的含情顾盼，
跟奥尔加的奇怪举动——
都深深印入她的心田；
他的怪癖她无法理解，
她满腹嫉妒和幽怨，
好像有只冷冰冰的手
揪她的心，令她痛苦不堪；

好像她脚下波涛滚滚，
竟是黑洞洞的万丈深渊……
“我活不了了，”达妮亚自言自语，
“但是为他而死，死也心甘。
他本来不能给予我幸福，
又何必烦恼，尤人怨天？”

四

我的故事要往前赶，
马上出现一位新人物：
离连斯基住的红山村
只有五里光景的去处，
倒是富有哲理情趣的荒野，
有位扎列茨基①在那里纳福。
说起来，此人曾是流氓、
酒馆里的演说家、浪子头目、
一群无赖赌徒的领班，
如今变成普普通通的人物，
光棍家庭的一家之长、
可靠的朋友、和气的地主，
甚至可以说是大老实人：
我们的时代善于改正错误！

五

从前社交界的谄媚声音

① 扎列茨基的原型就是费·伊·托尔斯泰。参看第四章第19节注①。——译者注

常把他的横行霸道夸奖，
十米之内射中黑桃尖，
他的确打得一手好枪；
在杀场上也出类拔萃：
有一次乘着酒兴骑在马上，
一下子大胆地摔下来，
醉意蒙眬地栽进泥塘，
于是他成为法国人的俘虏，
这个抵押品可不比寻常！
现代的拉古尔①甘愿被俘，
言而有信，哪怕镣铐锒铛，
只要每早能到韦里②饭店
赊出三瓶酒，一饮而光。

六

他开起玩笑来倒也风趣，
有时直来直去，有时冷言冷语，
他最善于捉弄傻瓜，
就是聪明人他也骗得可以，
虽然有的把戏难免吃亏
（这些教训他自会记取），
虽然有时他像个呆鸟
下不来台，自容无地。
他会兴致勃勃争论一番，
对答得傻气而又俏皮，

① 拉古尔（公元前3世纪）是罗马将领，与迦太基交战被俘，遣返罗马劝和；但他返国后仍然主战，并如约返回迦太基，终于被害。——译者注

② 巴黎一家饭店的老板。

有时出于审慎，默不作声，
有时出于审慎，胡扯一气。
他会挑拨好友彼此反目，
把他们送上决斗场一见高低，

七

或劝他俩言归于好，
三人共进早餐，一团和气，
过后偷偷造谣说他们是懦夫①，
谈笑间就败坏了他们的名誉。
但是今非昔比！早年的胡闹
（犹如爱情的梦——另一种淘气）
已随着欢乐的青春消逝。
方才说过：我的扎列茨基
在稠李和锦鸡儿的林荫下
终于避开人世的暴风雨，
效法贺拉斯，回归田园，
俨然高士，养性自怡，
平时教顽童认认字母，
再种种菜，养鸭养鸡。

八

扎列茨基一点儿也不愚蠢，
奥涅金虽不赞成他的为人，
却喜欢他的愤世嫉俗

① 在当时的社会不敢决斗被视为懦弱。——译者注

和对世事的高明议论。
奥涅金平时乐于见他，
因此他一早就光临
丝毫也不觉得奇怪。
扎列茨基走进房门，
刚刚寒暄两句之后
马上打住才开头的高论，
取出诗人的便笺，
笑眯眯地递给了主人。
奥涅金接过信走到窗前，
暗自读完，不免沉吟。

九

这是一篇高尚的挑战书，
措辞得体，简洁优美：
连斯基邀请他的好友决斗，
口气谦恭，冰冷干脆。
奥涅金的第一个反应
是转过身来与来使应对，
二话没说，满口答应：
他随时都愿意奉陪。
扎列茨基站起身，没作解释，
再坐下去也太乏味，
况且家中还有许多事，
便立刻向主人告退。
只剩下奥涅金扪心自问，
不能不感到心中有愧。

十

他真活该：当他暗自反省，
把自己的行为严格衡量，
发现做了很多错事：
第一，他的举动太荒唐，
诗人的初恋娇羞脆弱，
昨晚的玩笑未免不当；
第二，就算诗人做了件蠢事①，
但是这完全可以原谅，
因为他毕竟只有十八岁。
奥涅金对他宠爱异常，
就应该拿出丈夫气概，
显得正直、明智、有涵养，
不为世人的偏见所左右，
不该发火、好胜逞强。

十一

他应该表露出真实感情，
而不必像野兽大动肝火；
他应该安抚年轻人的心，
开诚相见，消除隔膜。
“但是现在晚了，”他想，
“机会早已错过……
况且老决斗家插上一手，

① 指连斯基要求决斗。——译者注

他造谣生事，刻毒饶舌……
当然，对待他的玩笑
嗤之以鼻也不为过，
只是愚人的嘲笑和闲话……”
社会舆论非同小可！①
荣辱所系，大家竞相膜拜！
世界靠舆论支配和掌握！

十二

诗人正在家里等候回音，
焦躁不安，满腔仇恨；
饶舌的邻居终于归来，
洋洋得意地带来回信。
他一直担心这个调皮鬼
可能当作玩笑，不肯认真
让自己的胸膛对准枪口，
可能耍花招，借故脱身。
如今吃醋的诗人心中大喜，
打消了一团疑云：
明天，他们在黎明前
就要赶到磨坊附近，
枪口相向，勾住机头，
瞄准对方的大腿或发鬓。

十三

连斯基自是怒气未消，

① 格里鲍耶多夫的诗句。

决心要把奥尔加痛恨，
决斗前他不想再见到
这个卖弄风骚的贱人。
望望日影，看看时钟，
终于一摆手又去探看芳邻。
他心中暗想，这次见面
要让她感到惊奇和窘困；
结果相反，跟往常一样，
奥尔加看到可怜的诗人
便跳下台阶，扑奔前来，
像轻佻的希望一样迷人，
活泼愉快，无忧无虑，
像往日一样可爱可亲。

十四

"昨晚上干吗走那么早？"
奥尔加劈头便问罪兴师。
连斯基觉得心乱如麻，
垂头丧气，对答无词，
一看到这泰然的目光，
一看到这纯朴的芳姿，
一看到这烂漫的心灵，
妒忌和怨恨顿然消失！……
他望着她，满腹柔情，
知道她依然一片情痴；
啊！他的心被悔恨折磨，
应该恳求她的宽恕才是；
他浑身发抖，找不到话，

他太幸福了，几乎前嫌冰释……

十五、十六[①]、十七

面对着心爱的奥尔加
连斯基不免又忧郁沉吟，
想起昨天发生的事，
却不敢对她提起毫分。
他想："我一定要挽救她。
岂能容许这个道德败坏的人
用热情的叹息和恭维
去诱惑无知少女的芳心；
岂能让这卑鄙的毒虫
去蛀蚀百合的茎和根；
岂能让这含苞欲放的花
突然枯萎，只开两个早晨。"
朋友们，这一切都意味着
我必须举枪跟好友相拼。

十八

假如他能了解达吉雅娜
内心的创伤多么痛苦！
假如达吉雅娜知道，
假如她能够猜出
明天连斯基和奥涅金

① 第15、16两节见于原稿：前一节写妒忌的可怕；后一节写对已故情人的怀念。据考证这个情人是阿玛莉亚·里兹尼奇。诗人怀念她的情诗有《在她祖国的蓝天底下》等，并参看《奥涅金的旅行》（片段）及有关的正文。——译者注

要去争夺一块坟墓；
啊！或许她真挚的爱
能使两人和好如初！
但是从来没人，哪怕偶尔
发现少女的衷情难诉。
她只管暗自苦恼，
奥涅金一个字也不吐露，
只有奶娘可能猜到，
可是奶娘又有些糊涂。

十九

连斯基一晚上都心不在焉，
忽而沉默，忽而欢笑如常；
其实凡是缪斯宠爱的人
向来都是这般模样。
他紧锁双眉弹弄钢琴，
只管弹和声，叮叮当当，
忽而低声问："我不是很幸福吗?"
两眼盯着奥尔加不放。
但是天色已晚，该动身了，
他心中苦闷，寸断肝肠；
他同少女分手的时候，
心好像要撕裂一样。
她望着他的脸："你怎么了?"
"没什么。"说完走到台阶上。

二十

连斯基骑马回到家，

检查了手枪又放回匣里，
然后换上睡衣凭着烛光
随意翻弄席勒的诗集。
但是有个念头萦系于怀，
忧心忡忡，不可遏止：
仿佛看见奥尔加就在眼前，
千娇百媚，亭亭玉立。
于是他合上书提起笔，
写出铿锵流利的诗句，
里面充满了爱情的胡说。
他琅琅诵读，诗兴洋溢，
好像戴尔维格在宴席上
酒后朗诵他的诗句①。

二十一

这首诗偶然保存下来，
就在手头，照录全章：
“青春哪青春，你哪里去了，
我一生最美好的时光？
明天会为我准备下什么？
我的目光空自窥望，
明天藏在幽暗里，邈不可测。
算了，命运的决定公正不枉。
我究竟会饮弹而倒下，
还是子弹会飞向一旁？
人生寿夭早已注定，

① 戴尔维格（1798—1831）是俄国诗人，普希金的同学和好友。这里可能指他在绿灯社朗诵他的共和诗。——译者注

或醒或睡，还不都是一样。
我赞美忙碌的白昼，
也赞美黑夜的安详！

二十二

明晨，早霞从东方升起，
朗朗的白昼光辉灿烂；
而我也许会离开人世，
进入充满神秘的九泉。
关于青年诗人的记忆
将沉没于悠悠忘川。
世人将把我遗忘，而你——
美丽的女郎，可会把我悼念？
到早夭的坟头洒洒泪，
并且追想：他曾把我热恋？
曾把动荡的一生
凄凉的青春向我奉献！……
来吧！快来吧！我的心上人！
亲爱的朋友！我是你的侣伴！……”

二十三

他的笔调晦涩而枯燥。
（我们常把这叫作浪漫主义，
尽管连浪漫的影子也没有；
不过这跟我们有什么关系？）
直到黎明前他还推敲
时髦的理想是什么含义，

终于困倦地低垂下头，
忽忽悠悠，悄然睡去。
但是他刚刚进入梦乡，
那位好事的邻居
便走进静悄悄的书房，
高声呼唤连斯基：
“快起来，已经过了六点，
奥涅金大概已等得着急。”

二十四

但是他的话并没说对，
奥涅金这时还在梦中。
黑夜的暗影渐渐散去，
雄鸡的啼声迎来启明星；
奥涅金仍自酣然大睡。
天光大亮，旭日东升，
外面飘飘洒洒的雪花
漫天飞旋，亮晶晶；
奥涅金依然高卧未起，
睡神在头上盘旋不停。
现在他终于睁开眼来，
拉开帷幔，不由一怔：
原来他已睡过了时辰，
早就应该收拾启程。

二十五

他连忙摇铃。法国仆人

吉里奥匆匆跑进卧房，
给他送来晨服和便鞋，
洁白的衬衣放在床旁。
奥涅金马上穿衣打扮，
命令仆人陪他走一趟，
并且让他也收拾一番，
不要忘记匣装的手枪。
套上快马，备好雪橇，
奥涅金坐上，奔向磨坊。
到了，吩咐仆人跟在后面，
带着致命的列帕日①手枪；
雪橇赶到一旁的野地里，
马匹拴在两棵小柞树上。

二十六

连斯基身靠着坝墙，
早已不耐烦，心情焦急；
扎列茨基本是土技师，
正在评论磨盘的设计。
奥涅金来了，首先道歉。
扎列茨基发问，不无诧异：
“喂，您的副手在哪儿？”
此兄在决斗上很了不起：
是个古典派和学究，
墨守成规倒是真心实意，
绝不许随随便便把人打倒，

① 著名造枪匠。

要遵守决斗的金科玉律，
一切要按照古老的传统
（对此我们不能不啧啧称奇）。

二十七

“我的副手吗？他就是，
我的朋友吉里奥，”奥涅金说，
“我想，您对我的推荐
大概不会有什么反驳，
尽管他是无名之辈，
倒是个诚实的家伙。”
扎列茨基咬紧嘴唇。
奥涅金又问连斯基意下如何：
“怎么样？开始吧？”“好，开始。”
连斯基淡淡地回答说。
于是两人向磨坊后走去。
扎列茨基和诚实的家伙
在一旁开始正式谈判，
两仇人垂下目光，相对默默。

二十八

仇人啊！他们反目成仇，
欲动杀机可有多久？
曾几何时他们同游同餐，
推心置腹，彼此分忧？
如今怒不可遏，剑拔弩张，
好像不共戴天的世仇，

好像正在做一场噩梦，
他们俩不声不响举起枪口，
冷静地置对方于死地……
趁鲜血还没玷污双手，
他们何不转嗔作喜，
和好地分开，善罢甘休？……
然而社交界有条陋习：
嫌隙最怕的是丢丑！

二十九

看，手枪闪闪发亮，
小锤撞得装药杆直响。
子弹装进磨光的枪筒，
咔嚓一声，机头已扣上。
看，火药像灰色的细流
一点一点往药池里淌。
火石拧得结结实实，
向上翘着，呈锯齿状。
吉里奥不知所措，藏在树桩后。
两个仇人把斗篷扔到一旁①。
扎列茨基量好三十二步，
不多不少，分毫不爽，
把他俩分别带到两端，
两人各自拿起手枪。

① 当时决斗用斗篷等衣物当作界线。——译者注

三十

“现在请向中间靠拢。”
两仇人还没瞄准对方，
冷静地向前迈出四步，
步伐坚定，从容安详，
跨上通向死亡的四磴。
这时奥涅金不慌不忙
一步不停地向前走去，
头一个慢慢举起手枪。
他们又跨过五步，
连斯基眯着左眼朝前方，
刚要瞄准，砰的一声——
奥涅金已经开了枪……
死亡的钟声敲响了，
诗人默默地松开手枪，

三十一

用手轻轻捂住胸口，
一头栽倒了。呆滞的双眸
流露出死亡，而不是痛楚。
好像大雪块璀璨夺目，
沿着山坡缓缓滚下来。
奥涅金不由得发怵，
急忙跑到诗人身旁
千呼万唤，已毫无用处：
他死了。这年轻的歌手

竟然得到夭折的归宿！
仿佛一朵美丽的鲜花，
突然遭到暴风雨的杀戮，
正当韶华便凋零了。
熄灭了，祭坛上的神烛！……

三十二

他躺在那里一动不动，
疲惫的前额异样地宁静。
胸口被子弹打穿了：
鲜血冒着气往外涌。
啊！就在一刹那之前
这颗心还澎湃着爱情、
希望、仇恨和灵感，
生机盎然，热血沸腾。
如今它像空屋子，
一片漆黑，鸦雀无声，
从今后永远没有声息。
窗板关着，不露一些缝儿，
玻璃涂着白粉。女主人
不知何处去了，杳无踪影。

三十三

如果写首辛辣的讽刺诗，
击中仇人要害，是快事一桩；
如果他不禁要照照镜子
垂下抵人的犄角露出蠢相，

不敢辨认自己的尊容，
见此光景也可高兴一场；
如果他愚蠢地吼叫：这是我！
朋友，这才叫人笑破肚肠。
总不如给他准备一口棺材，
要合乎身份，不声不响，
在高尚的距离之内悄悄瞄准
苍白的前额，更令人心花怒放。
不过真的把他送回老家，
那么倒也未必心情舒畅。

三十四

如果因为您的年轻朋友
酒后无德，言语失当，
或目光蛮横或无谓的小事
使您的自尊心受到损伤，
或者他一时恼羞成怒，
傲慢地提出要决斗一场，
您就当真拿枪把他打倒；
如果他直挺挺躺在地上，
就在您面前，一动不动，
前额露出一副死相，
身体越来越僵硬，
任凭您声嘶力竭、呼喊绝望，
他都如聋似哑毫无反应，
请问您心中该作何感想？

三十五

奥涅金受到良心的谴责，
紧握手枪，不胜苦恼，
望着连斯基呆呆发愣。
“还看什么？死了！”邻居说道。
死了！……这可怕的一声
令奥涅金慌了手脚，
他打着寒战走去唤人。
扎列茨基弄来一张雪橇，
小心翼翼装上冰冷的尸体，
往回运送可怕的珍宝。
马儿嗅到死人的气味，
喷着响鼻，乱蹦乱跳，
嘴冒白沫，洇湿了马嚼子，
像离弦的箭拼命奔跑。

三十六

朋友，你们为诗人惋惜：
正当年少便命丧黄泉！
空自怀有灿烂的希望，
竟付诸东流，未能实现。
哪里去了，他热烈的激动？
哪里去了，他高尚的志愿
和崇高、温柔、大胆、
朝气蓬勃的思想和情感？
哪里去了，他狂热的爱情、

求知的渴望和孜孜不倦、
对于罪恶和耻辱的畏惧？
还有你——平生的心愿？
还有你——幻想的世界？
还有你——写诗的浮想联翩？

三十七

或许他注定要造福于世界，
或许至少也要成名；
他那从此沉寂的竖琴
本应该奏出洪亮的歌声，
绵绵不绝，流传百代。
或许在社会的阶梯层层
他本该达到显贵的地位。
或许他那受难者的幽灵
带走了最神圣的秘密，
从此他那令人激动的琴声
在我们耳边永远消逝了。
九泉之下，人鬼难通，
他将听不到世代的赞歌
和各民族对他的传颂。

三十八[1]、三十九

或许相反，等待诗人的
将是极其平凡的命运。
青春时代飘忽即逝，
热情既冷，万事灰心。
他也许会发生很多变化，
同缪斯分手，与淑女结婚，
在乡下过上幸福的日子，
穿上棉袍，戴上绿头巾；
毕竟领略了人生的滋味，
到四十岁风湿病缠身，
大吃大喝，闲得发胖，
终于衰老多病，一命归阴。
床头围满哭哭啼啼的婆娘、
卖药郎中和一大群子孙。

四十

但是，读者，不管怎么样，
唉！我们的诗人连斯基，
年轻的恋人，沉思的幻想家，

---

① 第38节见于原稿，其中有这样的诗句：

他或者像拿破仑一样被流放，
或者像雷列耶夫一样被绞死。

雷列耶夫（1795—1826）也是一位优秀的诗人，十二月党人的领袖，起义失败后被绞死。——译者注竟然死在好友手里！
他生前居住的村庄
左边有块幽静的墓地，
两棵苍松盘根错节，
从邻谷流来一条小溪，
经过树下蜿蜒如带。
耕夫喜欢坐在树下休息，
割麦的农妇也到溪边
把叮咚的水罐浸入水里。
就在苍松的树荫底下
有个简单的墓碑傍着清溪。

四十一

春雨绵绵下个不停，
田间的禾苗一片青葱，
牧人坐在碑下编草鞋，
唱起伏尔加渔夫的营生①；
或者有一位城市女郎
来乡间度夏，喜爱幽静，
有时一个人骑上快马
在荒野里疾驰如风，
偶尔来到墓碑前停下马，
一手紧紧勒住缰绳，
一手轻轻撩起面纱，
拿眼匆匆看完墓志铭，
简单的碑文质朴动人，

---

① 指当强盗。——译者注

热泪模糊了多情的眼睛。

四十二

于是这位女郎陷入遐想，
在荒郊野地按辔行走，
连斯基不幸的命运
久久留在她的心头。
她想："奥尔加怎样了？
她的心可曾痛苦许久？
还是很快就擦干眼泪？
她姐姐如今在哪儿？还有……
他在哪儿，遁世的隐者，
时髦女郎的时髦对头，
这个阴郁的怪人，
杀死年轻诗人的凶手？"
这一切自会详细交代，
不过现在还不到时候。

四十三

现在还不行。尽管我依然
由衷地热爱我的主人公，
尽管总要回过头去写他，
只是现在没那种雅兴。
年纪赶走了调皮的韵脚，
倒是古朴的散文更合心境。
所以我只得喟然承认：
我已懒于跟韵脚调情。

要去涂抹急就的诗篇，
连羽毛笔都转动不灵；
另有一种严肃的思虑，
另有一种冷静的憧憬，
无论在热闹场或幽静处
都来扰乱我心灵的梦境。

四十四

我尝到一种新的哀愁，
听到另一种愿望的声音；
对这愿望我不抱幻想，
对旧日的哀愁惋惜万分。
幻想呀幻想！哪里是你的甜蜜？
哪里是甜蜜的伴侣——青春？
难道说我青春的花冠
真的凋谢了，飘摇委尘？
难道说我一生中的春天
真的逝去，无处可寻？
（平日的戏言竟成谶语）
甚至没有哀歌式的呻吟？
难道青春一去便不复返？
难道三十岁马上要来临？

四十五

于是我的中年来到了，
看来这一点必须认清。
好吧，我无忧无虑的青春，

就此分手！道声珍重！
我感谢你给予的欢乐、
缠绵的哀愁、甜蜜的苦痛
和那些热闹、风波、酒宴
和你一切一切的馈赠；
我要郑重其事地感谢你。
不管身处忧患或乡居幽静，
我总算满饮了青春的美酒……
够了！我怀着愉快的心情
摆脱从前生活的重担，
从今踏上新的路程。

四十六

让我回头看看。别了，故园！
在这荒村我把岁月消磨。
我曾陶醉于沉思的梦想，
沉湎于激情和懒惰。
可是你呀！年轻的灵感，
请驱走我心头的梦魇，
让我的想象自由驰骋；
灵感哪！愿你常光临寒舍，
不要让诗人的赤子心肠
变得僵硬、残酷、冷漠，
不要被社交界的欢乐所麻木，
变得铁石一般枯索。
亲爱的朋友！我们大家

每日都在这深渊里浮没。①

---

① 初版时，第六章的结尾是这样写的：

可是你呀，年轻的灵感，
请驱走我心头的梦魇，
让我的想象自由驰骋；
灵感哪，愿你常光临寒舍，
不要让诗人的赤子心肠
变得僵硬、残酷、冷漠，
不要被社交界的欢乐所麻木，
终于变成铁石一般枯索，
在冷酷的傲慢者中间，
在金玉其外的蠢人中间，

四十七

在那些狡猾、胆怯、
顽皮而又娇惯的孩子中间，
在可笑而又无聊的坏蛋中间，
在蠢笨而又缠人的评论者中间，
在虔诚的风骚女郎中间，
在自愿当奴才的人中间，
在司空见惯的时髦场面、
彬彬有礼而温柔的变心之中，
在冷酷无情的人世
冷冰冰的议论之中，
在算计、思虑和谈话
令人苦恼的空虚之中，
亲爱的朋友！我们大家
每日都在这深渊里浮没。

第七章[①]

莫斯科，俄罗斯的爱女，哪
里还能找到跟你媲美的
城市？
德米特里耶夫

怎么能不爱故城莫斯科？
巴拉登斯基

诋毁莫斯科！这就意味着见
过世面！
什么地方更好？
我们没到过的地方。
格里鲍耶多夫

一

附近山峦上的白雪

① 这一章问世时曾遭到批评，后来别林斯基著文论普希金时，肯定第七、八章是全书写得最好的章节。——译者注

被春阳赶得无处躲藏，
汇成浑浊的溪流，
顺坡而下，淹没了草场。
大自然露出明媚的笑容，
睡眼惺忪地迎接春光。
蓝天明亮得耀眼，
树林依然疏疏朗朗，
但已披上绿色的绒毛。
蜜蜂离开蜡的禅房，
去征收大地的贡品。
山谷干了，又一片绚烂景象；
牛羊在欢叫，夜莺的歌声
在寂静的夜里格外悠扬。

二

春天哪春天！爱情的时节！
你的降临只令我感伤，
一种懒洋洋的兴奋
在我心头和血液里激荡！
在乡村静谧的怀抱里
春风习习，吹拂到脸上，
只令我感到难堪的沉醉，
毫无欢乐，却徒增惆怅！
或许我跟欢乐已无缘，
我的心灵早已死亡，
一切令人喜悦、振奋的事物，
一切璀璨夺目、欣喜若狂，
只令我感到无聊和疲倦，

一切我都觉得暗淡无光。

三

或许我们只爱飘落的秋叶，
却不愿看到枝叶复荣？
我们听到新绿的喧闹，
却不愿忘掉凋零的苦痛？
或许看到万物生机勃勃，
便感到年华易逝，人生如梦？
逝去的岁月不可复返，
只落得满怀怅惘之情。
或许在充满诗意的梦境里
悄然想起另一番光景：
旧岁的春日充满梦想，
甜蜜旖旎，令人激动，
梦见那遥远的地方
和美妙的夜色、皎皎月明……

四

这正是你们最喜欢的季节，
善良的懒汉、享乐的明公，
还有你们，冷漠的幸运儿，
还有你们，列夫申①的门生②，

---

① 列夫申写有许多经济论文。

② 列夫申（1746—1826）是俄国经济学家。“列夫申的门生”则指新式地主。——译者注

还有你们，乡间的普利姆①
和女士小姐善感多情。
春天在召唤，快到乡间去！
正是春暖花开，宜于春耕，
宜于兴致勃勃地漫步
或去欣赏那迷人的夜景。
朋友们，快到田野里去！
坐上篷车，装载沉重，
套上自家马或雇驿马，
排成长队，缓缓出城。

五

还有你们，好心的读者，
坐在外国造的马车上，
抛开冬天的娱乐，
离开城市的扰扰攘攘；
请跟随我任性的缪斯，
来造访奥涅金住的村庄，
村旁有条无名的小河，
可聆听柞树猎猎作响；
去年冬天他还隐居此地，
在悠闲和忧郁中打发时光
（他的芳邻是年轻的达妮亚，
那个爱幻想的可爱的姑娘），
如今他已人去楼空……
只留下往日的踪迹凄凉。

① 普利姆是《伊利亚特》中的特洛伊国王。这里指家大业大的乡下地主。——译者注

六

在群山半抱的山谷中间
绿油油的草场宽阔，
有一条蜿蜒的小溪
穿过椴树林流入大河。
野玫瑰盛开，多情的夜莺，
这春天的恋人彻夜唱歌；
这儿可以听到淙淙泉语，
还有两棵苍松古拙。
树荫下立着一块石碑，
碑文在向行人诉说：
“弗拉基米尔·连斯基葬于此地，
于某年某月不幸夭折，
享年多少，他死得勇敢。
安息吧，年轻的歌者！”

七

从前在这朴素的坟头
常有一只花环十分神秘
挂在苍松低垂的树枝上，
在晨风中摇来摆去；
到了傍晚，闲暇无事，
常有两个女郎来到此地，
互相偎依着坐在墓前，
在月光下轻轻地啜泣。
如今……凄凉的墓碑被遗忘了，

墓前的小径再也没有足迹，
树上的花环也看不见了；
只有老牧人依然坐在这里，
白发苍苍，衰老多病，
一面编草鞋，一面唱渔夫曲。

八、九[①]、十

啊！我可怜的连斯基！
她虽然伤心，并没泪痕不干。
年轻的未婚妻虽然悲痛，
唉，并不是忠贞不变。
另有个人赢得她的垂青，
另有个人用爱情的甘言
使她的痛苦烟消云散。
枪骑兵迷住了她的双眼，
枪骑兵得到了她的爱……
看，她戴上新娘的花冠，
羞羞答答低垂粉颈，
跟他并排站在神坛前，
她眼睛里闪射着光彩，
嘴角上露出微笑嫣然。

十一

啊！我可怜的连斯基！
坟墓里笼罩着死寂的永恒。

① 第8、9两节见于原稿，写奥尔加如何嫁给枪骑兵。——译者注

忧郁的诗人，你如果听到
负心的噩讯是否感到震动？
或许他在忘川上睡得正酣，
没有知觉，怡怡融融，
任什么也不能使他不安？
他已与世隔绝，听不到人声？……
是的！在坟墓里等待我们的
是完全的遗忘，冷漠无情。
仇人的诅咒、好友的赞誉
和情人的絮语，都突然沉静。
只有田产引起继承人的纷争，
恶言秽语，气势汹汹。

十二

不久拉林家已听不到
奥尔加清脆的声音。
枪骑兵听从命运摆布，
只得携带她辗转随军。
老夫人跟女儿告别
泪流满面，哭得伤心，
死去活来，几乎闭了气；
达妮亚想哭却不见泪痕，
只是脸色像死一般苍白，
笼罩着一片愁云。
全家都走到台阶上
围着新人的篷车乱纷纷，
千珍万重和他们道别，
达吉雅娜也来送别亲人。

十三

她久久望着他们的背影，
如隔重雾，渐渐渺茫……
达吉雅娜只剩下一个人，
孤孤零零，对影自伤！
唉！她亲亲爱爱的小鸽子，
闺中密友，无话不讲，
如今被命运带到天涯海角，
永远分手，天各一方，
她像幽灵一样到处徘徊，
有时望望花园满目荒凉……
哪里也找不到慰藉。
她勉强抑制热泪盈眶，
无处发泄，只好暗自吞咽，
她的心好像破碎了一样。

十四

在令人难堪的孤独里
她的爱情更加烈似火焰，
她的心更加殷切地
将远方的奥涅金思念。
她不会再见到他了；
她应该憎恨他的凶残，
竟然杀害了她的同道。
诗人过早离开了人间……
如今他已经被人遗忘，

连未婚妻都琵琶别弹。
诗人的名字倏忽即逝，
像一缕轻烟飘过蓝天。
或许还有两颗心仍在
为他悲伤……岂非徒然？……

十五

有一天傍晚，天色昏暗。
流水潺湲。甲虫乱飞。
轮舞已经渐渐散去；
对岸青烟袅袅，渔火堆堆。
达吉雅娜走在野地里，
趁着月光皎洁如水，
她走了好久，走呀，走呀，
情思绵绵，想入非非。
突然从冈上看到一所宅第：
地主的庄园，高耸崔巍；
山下一带村落，树木掩映，
一座花园傍着清澄的河水。
她望着望着，不由得
心儿猛跳，紧锁双眉。

十六

她犯了犹豫，徘徊不前：
“是往前走还是往回转？……
他不在了。别人不认识我……
我只看看房舍和花园。”

达吉雅娜从冈上往下走，
累得吁吁娇喘；
用疑惑的目光四下望望……
走进空荡荡的庭院。
一群狗狂叫着向她扑来，
吓得她大声呼唤，
一群仆人的孩子跑来；
闹闹哄哄一场恶战，
终于把这群狗赶跑，
保护小姐安全脱险。

十七

达妮亚问：“可不可以
看看老爷的住宅？”
孩子们跑去找女管家，
向她把开门钥匙要来。
阿妮西亚立刻出来见她，
房门在她们面前打开，
达妮亚走进一间空屋，
奥涅金不久前才离开。
只见大厅里有一座台球案，
上面放着球棍，无人理睬，
揉皱的长沙发上放着马鞭。
达妮亚往前走。女管家讲起来：
“看，这是壁炉。我们老爷
常一个人在这儿闲待。

十八

去冬死去的邻居连斯基
常在这儿跟他共进晚餐。
请跟我往这儿走。
这儿是老爷办事的房间，
他就睡在这儿，在这儿喝咖啡，
上午总是拿本书看看，
或听听管家的禀报……
老太爷也住过这个房间；
从前一到礼拜日，
戴上老花镜，坐到窗前，
跟我斗斗牌，玩玩‘傻瓜’。
愿上帝保佑他灵魂升天，
保佑他那把老骨头
在九泉之下安眠！”

十九

达吉雅娜用感动的目光
把周围的陈设仔细打量，
一切都使她感到珍贵，
一切都使她憔悴的心激荡，
她又是痛苦又是快慰：
一盏灭了的灯放在桌上，
一堆凌乱的书，靠窗放着
一张铺着毯子的床；
窗外朦朦胧胧的月色，

室内半明半暗的光亮，
有个小铁人①站在圆柱上，
戴着三角帽，抱着臂膀，
紧皱着前额，脸色阴沉，
还有一幅拜伦勋爵的肖像。

二十

达吉雅娜在时髦的禅房里，
好像着了迷，站立很久。
但是天晚了，刮起冷风，
寒雾弥漫，山谷里黑黝黝。
河边的小树林已经入睡，
月亮也躲进了山后。
你这朝圣的少女啊，
早到了回家的时候。
达妮亚隐藏起内心的激动，
轻轻叹息，不时回头，
依依不舍地踏上归途。
临行又向女管家请求：
允许她再来造访这空房，
在这儿看看书，独自逗留。

二十一

达吉雅娜说着走出大门，
跟女管家告别。

---

① “小铁人”指拿破仑的塑像。——译者注

过了一天她一早又来
拜访这被遗弃的房舍。
她在寂静的书斋里
把世上的一切暂时忘却，
终于只剩下她一个人，
哭了很久，悲悲切切。
然后才拿起来几本书，
一开头还没心思细阅，
只觉得这些书与众不同，
主人的选择堪称奇绝。
达吉雅娜如饥似渴读起来，
眼前展现出另一个世界。

二十二

尽管我们知道，奥涅金
早已将书束之高阁，
但是有那么寥寥几本
不属于被他废黜的著作：
拜伦的《邪教徒》和《唐璜》，
另外还有两三本小说①。
其中反映了整个时代，
对当代人物的刻画描摹
相当真实，须发毕现。
他们品行不端，缺乏道德，
自私自利，冷酷无情，
沉湎于空中楼阁，

① 据考证，这三本书是：贡斯当（1767—1830）的《阿道尔夫》、马杜林的《流浪汉梅鲁莫》和夏多勃里昂的《勒内》。——译者注

愤世嫉俗，愤愤不平，
聪明绝顶，却什么事也不做。

二十三

这些书上有许多篇页
保留着明显的指甲痕迹；
少女细心的目光
对这些字句更加注意。
达吉雅娜不无战栗地发现
奥涅金对什么感到惊奇，
欣赏哪些思想和见解，
对什么默默同意。
她在书眉上常常发现
他用铅笔批的字迹，
有的打问号、画十字，
有的写上简短的批语——
奥涅金赤裸裸的心
不知不觉流露笔底。

二十四

直到现在我的达吉雅娜，
谢谢上帝，开始有些明白
奥涅金究竟是什么人，
按照专横的命运的安排，
她爱的究竟是何许人物：
这阴郁的人危险而古怪，
究竟来自天堂还是地狱？

是天使？是魔鬼？令人难猜。
也许不过是依样画葫芦，
学到一些皮相或者更坏，
是披着哈罗德外衣的莫斯科人，
学会外国的癖好千奇百怪，
满脑子时髦的字眼儿？……
是不是模仿洋人的歪才？

二十五

难道她猜破了这个谜？
难道她找到了解答？
时间在飞跑；她忘记
母亲正等她回家。
原来来了两个邻居，
说三道四，正议论她。
“怎么办？达吉雅娜不小了，
奥尔加比她小，已经出嫁。”
老夫人一边说一边咳嗽。
“真的，早该给她找个人家；
可是我拿她怎么办呢？
不管是谁，她都是一个‘不嫁’！
总是愁眉苦脸，闷闷不乐，
在林子里乱跑不着家。”

二十六

“别是爱上了谁？”“有谁呢？
布扬诺夫求婚，她一口回绝。

佩图什科夫也是一样。有个骠骑兵
贝赫金在我家住一个时节，
他可真迷上了达妮亚，
殷勤献媚，竭力巴结！
我寻思这回该妥了吧？
哪有的事！又吹咧！”
“她婶，那有什么难的？
到莫斯科去！那里有的是空缺，
那可是待嫁姑娘的集市。”
“唉！他大伯，没进项，去不起哪！”
“去一冬天总好对付，
不什么，先从我这儿借。”

二十七

老夫人一听满心欢喜，
真是好主意，说得在理；
又算计了一下花销，
决定今冬就到莫斯科去。
达妮亚也听到这个消息。
她这一身外省的土气，
过了时的穿着打扮，
过了时的谈吐言语，
任凭上流社会去
评头品足，百般挑剔；
在莫斯科公子小姐的眼里
只会引起讥笑和鄙夷！……
啊！多可怕！她宁可留在
这穷乡僻壤，哪儿也不去。

二十八

如今天一亮她就起来，
赶忙到田野里去走走，
用深情的目光四下观看，
难舍难离难分手：
“永别了，恬静的溪谷，
还有你们，熟悉的山丘，
还有你们，熟悉的森林！
永别了，风景清幽，
永别了，欢愉的大自然！
为了花花世界的喧闹不休，
我将离开这平静的天地……
你也永别了，我的自由！
命运将为我作何安排？
我向何处去？又何所求？”

二十九

她漫步的时间越来越长，
如今一条小溪，一座小山
都会显得比从前更美，
使达吉雅娜流连忘返。
她跟树林、草地都像密友，
有满腹话儿要叙谈。
但是夏天飞快地逝去了，
转眼来到金色的秋天，
大自然好像祭坛上的牺牲，

五彩缤纷，花枝招展，
瑟缩着，渐渐憔悴……
北风吹起白云，汹涌滚翻，
呀，北风发威了，咆哮了——
姗姗走来神奇的冬天。

三十

冬天来了，大雪纷飞，
一片片，一团团，落在树巅；
好像波浪起伏的地毯
覆盖田野，环绕群山；
好像毛茸茸的白布
铺平了静止的河流和两岸；
严寒料峭，冰雪闪光。
冬妈妈的把戏令人心欢！
只是达妮亚心中不快活。
她再不起早去迎接冬天，
也不到浴室屋顶上取雪，
用它擦脸搓胸揉双肩，
也懒得呼吸霏霏的霜雪：
冬天的旅途令她胆寒。

三十一

启程的日期一再推迟，
最后的日期也过了几天。
马车年久失修无法使，
要重新检查修理一番。

按照习惯一行三辆马车，
要拉上日常用具一应俱全：
铁锅、椅子、箱箱柜柜、
公鸡笼子、果酱罐，
还有草垫子和绒毛褥子、
盆盆罐罐一时也数不完，
总之破烂东西应有尽有。
忽然仆人的住房哭喊连天，
嘈杂的语声、告别的哭声：
十八匹瘦马牵进庭院。

三十二

车夫正忙着套车，
厨师正准备早餐，
马车装得像山一样高，
婆娘们、车夫们吵翻了天。
前导留着满脸胡子，
骑着长鬃瘦马走在前，
奴仆们聚集在大门旁
给主人送行围成一团。
母女坐上堂皇的马车，
出出溜溜跑出庭院。
“啊！永别了，平静的天地！
永别了，幽静的家园！
我还能见到你们吗？……”
达妮亚不禁泪涌如泉。

三十三

什么时候我们能学聪明，
让有益的教育蓬勃发展，
为它开辟广阔的天地；
（按哲学家的统计表①推算，
总要到五百年之后）
我们的道路才能大为改观，
让公路网遍布俄国，
四通八达，南北相连。
一座座铁桥宛如长虹
凌空飞起，横跨江面，
开山筑路，遇河挖洞，
拱形的隧道设想大胆。
让整个受洗礼的世界
个个驿站开设饭店。

① 法国人萨尔·鸠边在《法兰西生产力和贸易资源》（1827）一书中用表格形式统计了欧洲各国的贸易状况，其中包括俄国。——译者注

三十四

眼下我们的道路糟透了①，
桥梁失修，破烂不堪，
驿站多的是跳蚤、臭虫，
一分钟也不让你合眼；
没有饭店。冰冷的小木屋里
菜单只为装饰门面，
名称雅致，难以果腹，
反而惹得饥肠辘辘转。
这时乡间的赛克洛普②们

---

① 我们的道路像美丽的花园：
有树木、铺草皮的土堤和阴沟；
下很大功夫赢得挺好的名声，
遗憾的是有时难于通行。
那些树木像站岗的哨兵，
对行人没有什么好处；
你会说这路修得不错，
便会想起一句诗：为行人方便！
俄国只有两个季节，
可以说是畅通无阻：
我们的马克·亚当或马克·夏娃，［马克·亚当（1756—1836）苏格兰工程师，发明用碎石铺路。马克·夏娃是衍文。——译者注］
冬之神气得浑身发抖，
发起一场毁灭性的袭击，
用冰封的铁甲包上道路，
下起霏霏的早雪，
用蓬松的细沙盖上冬天的痕迹。
或者当酷热的干旱
烤焦了大地，
连苍蝇都可以眯缝起眼睛
从水坑里爬过去。

（维亚泽姆斯基公爵：《驿站》）

② 赛克洛普是希腊神话中的巨人，曾为宙斯制造雷电。这里指铁匠。——译者注

在慢腾腾的炉火前
抡起俄国的大铁锤
整治欧洲的精巧车圈，
一边把祖国大地的车辙
和壕沟连连称赞。

三十五

然而到了寒冷的冬季
坐雪橇最为愉快轻松。
冬天的道路像流行歌曲
无意义的歌词一样溜平。
我们的御者精神抖擞，
我们的快马疾驰如风，
路标闪过，密似栅栏①，
正可以娱悦无聊的眼睛。
不幸的是拉林娜没雇驿马，
只用自家马慢慢腾腾，
因为雇驿马太破费，
达妮亚有难言的苦衷：
尝尽了旅途的寂寞，
整整走了七天路程。

三十六

现在快到了，她们面前
是莫斯科的白色石头城，

① 这个比喻借自想象丰富的K＊＊。K曾说，有一次波将金公爵派他为急使去见女皇。他走得飞快，他的佩剑剑梢露在车外，撞到里程碑上就像敲栅栏似的。

古老的圆顶，金色的十字，
像火焰一样金碧辉映。
啊！朋友！突然看到
教堂、钟楼、花园和王宫
像扇面一样展现开来，
我心中有多么高兴！
在我漂泊不定的命运里
因离开你而无限苦痛，
莫斯科，我多么想念你！
莫斯科……对于俄国人的心灵
你包含着多么深的意义！
你唤起了多么丰富的感情！

三十七

前面就是彼得宫，
柞树环绕，阴郁青葱，
依然沉醉于往日的光荣。
拿破仑由于侥幸成功，
踌躇满志，空自等候
莫斯科向他纳款投诚，
献出克里姆林宫的钥匙。
不，莫斯科没有认罪负荆，
没有向他屈膝投降。
它为这位不耐烦的英雄
准备的不是狂欢节和礼品，
而是一场大火熊熊。
拿破仑从这里怀着沉思
望着可怕的火光照天红。

三十八

再见了，没落光荣的见证——
彼得宫。喂，不要停住！
前面是卡哨的白柱子；
马车沿着特维尔斯卡亚路
越过坑坑洼洼向前飞奔。
两旁闪过各样景物：
岗楼、村妇、顽童、路灯、
高楼大厦、修道院、店铺、
布哈拉人、花园、雪橇、
菜园、茅屋、商人、农夫、
林荫路、钟楼、哥萨克、
凉台、时装店、药铺、
大门上的一对狮子
和十字架上一群白嘴乌。

三十九、四十

这次令人疲惫的旅行
又过两小时终于完成。
马车在哈里顿教堂旁
拐进一条狭窄的胡同，
在一家大门口停下来，
她们总算来到姨母家中。
开门的是个卡尔梅克人，
白发苍苍，戴一副花镜，
穿着破袍子，手提着一只袜子。

客厅里郡主连声欢迎，
只见她躺在沙发上，
已经患了四年痨病。
两个老妇人抱在一起，
叹息不已，老泪纵横。

四十一

“郡主，我的天使！”“帕舍特①！”
“阿琳娜！”
“谁能想到？”“多少年不见了！”
“能住些日子吗？”“亲爱的表姐！”
“真没曾想！你倒坐下！
简直像小说里的场面……”
“这是我女儿达吉雅娜。”
“啊！达妮亚，过来我瞧瞧——
我这好像是说梦话……
表妹，你还记得葛兰底森？”
“什么葛兰底森？……啊！是他！
记得，记得。可他在哪儿？”
“在莫斯科，住在西蒙②旁边啦。
圣诞节前夜还来看过我，
刚刚给儿子成了家。

四十二

还有那个……以后再谈吧，

① 帕舍特是俄国女人名字帕申卡（爱称）的法语叫法。——译者注
② 西蒙是教堂名。——译者注

你说是不？明天让达妮亚
走走亲戚，跟大家见见面。
可惜我是哪儿也走不成了，
勉强还迈得动步。
可是你们一路上挺乏，
我们一块儿去歇歇……
唉，没有劲儿……胸口像堵着啥……
现在我连喜事也禁不住，
更别说伤心事……我的妹子呀，
人老了，简直是活受罪……
我是一点儿也不中用了……”
说到这里，累得有气无力，
一阵咳嗽，憋出两眼泪花。

四十三

病人的疼爱和欢笑，
达吉雅娜十分感激自不待言；
可是她住惯了自己的闺房，
换个地方总不大习惯。
走进陌生的锦帐，
躺在床上辗转难眠。
终于教堂的晨钟宣告：
开始了忙碌的白天。
钟声把她从床上唤起，
达妮亚下地坐到窗前。
黑夜的暗影渐渐散去，
她已认不出故乡的田园：
眼前是一座陌生的院落、

马厩、厨房和一带栅栏。

四十四

达妮亚每天都被带去拜客，
到各家亲戚参加午宴，
把疏懒成性的模样
向各位外公外婆展览。
家家对于远方的贵客
都笑脸相迎、温语言欢，
由衷地感叹，热情款待。
“啊！达妮亚长大了！这才几天，
好像我给你做的洗礼？
我还把你抱在怀里玩！
我还这么扯过你的耳朵！
我还这么喂你饼干！”
外婆们异口同声地说：
“转眼我们都到了老年！”

四十五

但是她们没有任何变化，
一切照旧，依然故我：
姨妈叶莲娜郡主依然
戴着小纱帽会客，
卢克丽亚·利沃芙娜依然擦粉，
柳鲍芙·彼得罗芙娜依然胡说，
伊万·彼得罗维奇依然愚蠢，
谢苗·彼得罗维奇依然吝啬，

还有佩拉盖雅·尼古拉耶芙娜
依然是那个男朋友法国人芬姆舍，
依然养巴儿狗，依然是那个丈夫；
她丈夫依然是俱乐部常客，
依然那么随和，那么耳沉，
依然那么大吃大喝。

四十六

他们的女儿也走上前来
跟达妮亚拥抱相见，
莫斯科的这些妙龄美女
先从头到脚打量她一番：
都觉得她有些特别，
外省习气，拘束腼腆，
脸色有些苍白消瘦，
不过模样倒不难看。
后来她们流露出天性，
跟她要好，带她到自己房间，
吻吻脸蛋儿捏捏手，
给她卷起时兴的发髻，
慢声细语地向她诉说
少女的秘密不可言传：

四十七

别人的成功和自己的胜利、
愿望、调皮和思慕。
这些天真无邪的闲谈

不免夹杂着一些诋诬。
然后娇声地要求达妮亚
把自己的心事和盘托出
以补报她们的絮絮不休。
可是达妮亚像梦中一样恍惚，
对她们讲的话无动于衷，
对她们的要求无所领悟。
她把自己内心的秘密、
心灵深处的眼泪和幸福
默默地埋藏起来，
对任何人也不吐露。

四十八

达吉雅娜有心听听
大家关心的议论和闲谈；
可是客厅里说东道西，
庸俗乏味，互不连贯；
他们的思想贫乏而冷漠，
连诽谤也枯燥不堪；
那些言语、发问、谣言和新闻，
都干干巴巴，废话连篇，
哪怕偶尔，哪怕不经心，
一昼夜也说不出一句高见；
懒惰的头脑射不出火花，
枯寂的心不会为笑话而打战。
啊，在这空虚的上流社会
连逗笑的蠢话也难得听见。

四十九

一群档案馆①的青年
对达妮亚颇加冷眼，
背地里议论纷纷，
评头品足，态度古板。
有个忧郁的滑稽家伙
认定她美若天仙，
于是为她苦心孤诣地
倚门构思哀歌一篇。
在寂寞的姨母家里
维亚泽姆斯基曾坐到她身边，
谈天说地，为她解闷。
这时有个老人②将她发现，
连忙正正头上的假发
询问她的妙龄芳年。

五十

在剧院里梅里波敏娜③
悲恸欲绝，发出凄厉的叫声，
向着冷漠无情的看客
舞动光彩夺目的斗篷；
或者塔利雅④悠然入睡

---

① 指外交部档案馆。在那里供职的大半是贵族青年，在 20 年代曾成立哲学学会。其中不少人是普希金的朋友。——译者注

② 可能指寓言作家德米特里耶夫。参看第四章第 33 节注②。——译者注

③ 梅里波敏娜是希腊神话中的悲剧女神。——译者注

④ 塔利雅是希腊神话中的喜剧女神。——译者注

全不顾捧场的掌声雷动；
而那些年轻的观众
只欣赏舞神的飞腾
（想当初你我正当年少，
每次看剧也是这般情景）。
在剧院里无论包厢或雅座，
无论女士妒忌的长柄眼镜，
或时髦鉴赏家的观剧筒，
都不曾留意她的芳容。

五十一

她还被带到贵族俱乐部，
那里熙熙攘攘，闷热不堪，
烛火通明，音乐震耳，
一对对男女疯狂旋转。
游廊上挤满各色人群，
美人摆动轻盈的裙衫，
待嫁姑娘排成半圆阵式，
这一切都令人惊叹。
在这里有名的花花公子
喜欢炫耀厚颜和坎肩，
以及漫不经心的长柄眼镜。
休假的骠骑兵也赶到此间，
马靴咔咔响，只为出风头，
令人颠倒，然后逃之杳然。

五十二

夜空里有许多灿烂的星星①，
莫斯科有许多美貌的女郎，
然而只有当空的明月
比一切星辰都更明亮。
有一位女郎②最为出众，
好像众星捧着的瑰丽月亮。
我不敢拨弄我的竖琴
去惊扰她的雍容端庄。
她像高不可攀的天仙，
降临人间，仪态万方！
她的酥胸充满了柔情！
她的眼波多么懒洋洋！
可是算了，快罢手，为爱情
你已付出代价，莫再上当。

五十三

喧哗、哄笑、奔忙、鞠躬，
马祖卡、华尔兹、加洛普……
达吉雅娜站在两位姨母中间
依着圆柱，不被人注目，
她睁着眼，什么也看不见，

① 灿烂的星星是双关语，既指美人，又有彗星之义，讽刺美女朝三暮四。——译者注

② 据维亚泽姆斯基说，这里写的是亚·科尔萨科娃。诗人在1826—1828年间与她有过交往。——译者注

讨厌社交界的扰攘忙碌；
她透不过气来……她的神思
早已飞回乡间和幽谷，
回到贫穷的农民中间，
回到僻静无人的去处，
那里溪水潺潺，山花烂漫，
再把那些爱情小说重读，
再把那幽暗的小径重游，
而他常在椴树林中漫步。

五十四

她的思想飞得那么遥远，
把社交界和舞会忘在一边，
这时却有个威风的将军
目不转睛把她观看。
两位姨母交换一下眼色，
还碰碰达妮亚的臂弯，
每个人都悄悄告诉她：
“喂，快往左边儿看！”
“左边儿？那儿？那儿怎么了？”
“不管怎么了，只管仔细看……
在那一堆人里，看见没有？
两个穿军装的，就在前面……
现在走开了……侧面朝着我们……”
“谁？这个胖胖的大官？”

五十五

写到这里，让我们祝贺

可爱的达吉雅娜的成功，
现在我们要改变航向，
总不能忘掉主人公……
顺便在这里补充两句：
我在把年轻的友人歌颂
和他那许许多多的怪癖。
请祝福我这漫长的劳动，
啊！缪斯，史诗的女神！
请把可靠的手杖交我手中，
再不要让我迷失方向。
够了。总算抛掉了包袱沉重！①
古典主义我已顶礼膜拜，
虽然嫌迟，序言总算完成。

① 包袱指古典主义。这一节大意是说诗人虽然也曾模仿过古典主义，如今已全然将它抛弃了。——译者注

第八章

别了，如果是永别，
那就永别了。[①]
拜伦

一

当初在皇村学校的花园里
我像无忧花悄悄开放，
爱把玩阿普列尤斯的小说，
不读西塞罗的文章[②]；
当初在那神秘的山谷里
天鹅的啼声荡漾春光，
在幽波潋滟的湖水旁
缪斯开始在我眼前显相。
我那学生时代的禅室
突然四壁生辉，变得明亮：

① 这段题词取自《永别》，向来解释不一。据洛特曼解释是诗人向读者说的，但也有人认为是达吉雅娜对奥涅金说的。下文是："即使你不肯饶恕我，我的心对你也永远不会怀有恶感。"——译者注

② 阿普列尤斯（约124—180）是古罗马作家、哲学家，长篇小说《金驴》为其代表作。西塞罗（公元前106年—前43年）是古罗马政治家、哲学家和雄辩家。这两行诗的意思是说：诗人不爱学拉丁语，而爱读小说。——译者注

缪斯在这里大显身手，
把童年的欢乐尽情歌唱，
歌唱遥远古代的光荣
和心灵战栗的梦想。

二

世人含笑将缪斯欢迎；
初露锋芒使我们鼓舞；
杰尔查文老人赏识我们，
行将就木给我们祝福。①
…………

三

从此我们把任性的激情
当作恪守不渝的法律，
为了同众人分享快乐
我带上活泼的缪斯出席
热闹的酒宴，参加争论
和夜间巡逻队害怕的把戏②；
在这些疯狂的酒宴上
她献出了新奇的赠礼，
像酒神女祭司一样可爱，
为客人低唱清歌一曲，

① 杰尔查文（1743—1816）是俄国诗人。1815 年皇村学校考试，杰尔查文监考，对普希金的《皇村回忆》一诗十分欣赏。这一节的后十行见于初稿，是对德米特里耶夫、卡拉姆辛和茹科夫斯基的回忆。——译者注

② 据维亚泽姆斯基解释，这句话是指十二月党人的秘密活动。——译者注

而当时那些翩翩少年
纷纷倾倒，追逐不已，
我也为这轻佻的女友
在朋友中间自鸣得意。

四

但我离开了他们的团体，
缪斯也随我流落远方……
这位温存的女神常常
把神奇的故事偷偷对我讲，
为我解除旅途的寂寞；
在高加索的层峦叠嶂
她好像莱诺勒①跟我骑上骏马
常常在月光下驰骋飞翔！
在南国多利达②的海滨
她常常携带我在夜里徜徉
去聆听海神女儿的低语、
大海永无休止的喧响、
歌颂创世主的赞美歌
和波涛永恒深沉的合唱。

五

从此她忘却了遥远京城
热闹的酒宴和富丽堂皇，
前来造访流浪民族

---

① 莱诺勒是德国诗人毕尔格（1747—1794）的同名叙事诗的女主人公。——译者注
② 多利达是克里米亚的古称。——译者注

一座座简陋的篷帐，
在荒凉的摩尔达维亚
她变得和他们一样粗犷，
学会了贫乏奇怪的语言
和心爱的草原的歌唱，
全然忘记了神的语言①……
突然周围一切都变了样②：
她又出现在我的花园，
变成一位乡村姑娘，
手里捧着一本法文小说，
眼里露出深沉的忧伤。

六

如今我第一次把缪斯
带到社交界的晚会③上，
心里怀着妒忌的胆怯
把她那草原的芳姿窥望。
只见显贵、外交官、风流军官
和傲慢的贵妇人挤作一行；
她穿过这缤纷的队列
悄悄坐下，静静地欣赏
喧闹的人群摩肩接踵、
飘忽的话语、飘忽的裙裳；
客人拜见年轻的女主人，

① “神的语言”指诗的语言。——译者注

② 这一行初稿为“但刮起了狂风，雷声隆隆”，写十二月党人起义，后来被书刊检查机关改成现在这种样子。——译者注

③ “晚会”（rout）指没有跳舞的晚会，本义指一群人。

斯斯文文，潇洒大方，
男宾将女眷团团围住，
恰似绘画镶着黑镜框。

七

她欣赏名流们的清谈，
慢条斯理，语调平稳，
冷冰冰的从容傲岸，
显贵长者的盛气凌人。
可这个忧郁寡言的人是谁？
为什么杂在名人的一群？
在他面前一张张脸孔闪过，
好像令人讨厌的幽魂，
他跟大家都漠不相识。
他脸上流露的是郁闷？
还是痛苦的傲慢？他为何在此？
他是谁？难道真是奥涅金？
难道真是他？……是的，就是他。①
“哪阵风把他吹来了，这个怪人？

八

他驯服了还是依然故我？
仍然硬充怪癖的家伙？
请问：他这次回来干什么？

---

① 奥涅金返回彼得堡的时间约在1824年8月。而诗中所反映出来的诗人重返彼得堡的心境已是1826年——由于十二月党人起义失败并受到镇压，旧友星散，归来的诗人已成为陌生人了。——译者注

如今要扮演哪种角色？
他究竟是什么人？是梅鲁莫？
是世界主义者还是爱国者？
是哈罗德？教友会？伪君子？
或者还有别的面具可以摆阔？
或者他不过是个普通人，
一如世人，一如你和我？
不过至少我可以奉告：
对过时的时髦要退避三舍①
他已经搅乱了人心……”
“您认识他？”“随您怎么说。”

九

“那么为什么一提起他
您就那么反感和冷淡？
是否因为我们自寻烦恼，
凡事都爱评论一番？
因为热情的心灵稍有不慎
会把自负的庸人触犯，
他们不是受辱便感到可笑？
因为大才大智气魄浩瀚，
难免令人感到压抑？
因为愚蠢既轻浮又凶残？
因为我们好把空话当成行动，
而大人君子喜欢信口胡言？

① 世界主义者、教友会、伪君子等等，都是上流社会对奥涅金的污蔑，而梅鲁莫、哈罗德的特征则是奥涅金原来就有的。“爱国者”指反对农奴制的贵族革命者。“过时的时髦”指十二月党人失败，革命思想已成为过时的东西。——译者注

因为只有庸庸碌碌
我们才不奇怪，看得顺眼？”

十

谁能年少风流固然幸福，
谁能及时老成才是万幸：
随着年纪不断增长，
能渐渐习惯冷酷的人生，
善于跟显赫的庸人交往，
而不沉湎于离奇的幻梦；
二十岁要讲究衣着或有本事，
三十岁结婚要陪嫁丰盛，
到了五十岁年高有德，
把私人债务全部偿清，
无论名誉、金钱或官爵
都稳稳当当拿到手中。
世人对他赞不绝口：
“某某才是不虚度此生！”

十一

然而思想起来怎能不伤悲：
我们虚掷了大好华年，
我们对她不断地变心，
她也终于把我们欺骗；
我们一切新鲜的幻想，
我们一切美好的夙愿，
都像阴雨秋天的落叶，

阵阵飘零，坠地腐烂。
看破红尘更不堪空虚：
生活不过是一长串晚宴，
人生又像某种仪式，
我们杂在善男信女中间，
既没有他们信仰的虔诚，
也没有共同的思想观念。

十二

成为世人评论的题目
（您一定同意）并不舒服，
仁者见仁，众口铄金，
不说你佯装古怪人物，
就说你是厌世的狂人，
或撒旦式的邪恶之徒①，
甚至是我笔下的恶魔②。
奥涅金（现在再写主要人物）
在决斗场上打死了朋友，
醉生梦死，把青春虚度，
转瞬间到了二十六岁，
没有家室，也没有职务，
无事可做，不胜寂寞，
做什么事也不入门路。

---

① 撒旦是魔鬼，而撒旦式的邪恶之徒正是浪漫主义诗人喜欢写的人物。——译者注
② 普希金的《恶魔》写于1823年，诗中塑造了一个否定一切、怀疑一切的人物形象。——译者注

十三

他突然惶惶不安，
想要改变一下环境
（很少有人愿意吃这苦头，
这是自找罪受的秉性）。
他离开自己的庄园，
抛弃了田野和森林的幽静，
在那里每天在他眼前
都出现一个血淋淋的幻影，
于是他凭兴之所至，
漫无目的踏上路程；
跟世上的一切事一样，
旅行也终于令他扫兴；
像恰茨基①一样翩然归来，
一下轮船就闯进舞厅。

十四

这时大厅里一片骚动，
交头接耳，彼此相传……
有位贵妇人向女主人走来，
后面跟着一位堂堂大员。
她的步履从容不迫，
不爱饶舌，也不显得冷淡，
没有旁若无人的目光，

① 恰茨基是格里鲍耶多夫的《聪明误》中的主人公。——译者注

没有出人头地的打算，
没有挤眉弄眼的动作，
没有模仿时髦的打扮……
她的态度娴静淳朴，
完全符合法国人的典范：
Du comme il faut①... （请希什科夫②原谅：
真不知道应该怎么翻。）

十五

女士们纷纷向她靠拢，
老夫人也笑脸相迎，
男人鞠躬腰弯得更低，
个个都想博得她的垂青；
连小姐们在她面前走过，
也都显得更加文静；
而跟她来的那位将军
趾高气扬，向前腆胸。
没有人说她倾城倾国，
然而又挑不出毛病，
哪怕从头挑到脚，
也找不出一点儿粗俗的踪影，
在伦敦的上流社会 vulgar③

① 法语，意思是仪态端庄。在法国上流社会，这是衡量贵族举止的标准。这一节写达吉雅娜成为贵妇人后在上流社会露面的情景。据考证，诗人是根据他自己重返彼得堡后见到学生时代的恋人的印象写成的。这位恋人是娜塔莉亚·科楚别，当时已嫁给斯特罗甘诺夫伯爵。——译者注

② 希什科夫（1754—1841）是俄国海军上将，因反对卡拉姆辛改革语言而出名。——译者注

③ 英语，意为粗俗。——译者注

被专横的时尚看作大病。

十六

（我非常喜欢这个字眼儿，
却无法把它译成俄文，
在我们这里还很新奇，
只合在讽刺诗里引进，
未必能广泛流行……）
现在再说这位贵妇人
正陪着尼娜·沃隆斯卡亚①
坐在桌旁，彼此问询。
一个是涅瓦河的克利奥巴特拉，
另一个也怡然可亲。
亲爱的读者，您一定会同意：
尽管尼娜光彩照人，
但她那大理石一般的美貌
未必能压倒芳邻。

十七

“难道是她？”奥涅金心想，
“难道真是她？果然……不会……
奇怪！从偏僻草原的乡村……”
这位贵妇人眉清目慧，
使他模糊记起忘却的倩影，
他一个劲儿把她偷窥，

① 尼娜·沃隆斯卡亚系指扎瓦多夫斯卡亚，是当时彼得堡最美丽的女人。诗人的《美人》（1832）一诗写的就是她。另有一种说法：指扎克列夫斯卡亚。——译者注

举着讨厌的长柄眼镜。
“公爵，劳驾，你看那一位
头戴猩红小帽的女人
正同西班牙大使交谈，是谁?”
公爵望着奥涅金发怔：
“啊！你早就离开上流社会；
等等，我给你引见一下。”
“她到底是谁?”“是贱内。”

十八

“原来你结婚了！我还不知道！
多久了?”“快两年。”“哪家美女?”
“姓拉林娜。”“是达吉雅娜!”
“你们认识?”“曾是邻居。”
“啊，好吧，过去见见面。”
公爵带着这位朋友加亲戚
走上前来给妻子引见。
公爵夫人对他注目凝睇……
不论这次意外的重逢
使她多么震动和惊奇，
使她内心多么惶惑，
她却不露声色，神情自怡：
声调依然那么柔和，
行礼依然那么得体。

十九

天哪，她竟然一点儿也不发抖，

脸不变色，不白也不红……
她既没有咬紧芳唇，
甚至连眉梢也不动。
不论奥涅金怎么打量，
再也找不到达妮亚的踪影。
他本想跟她攀谈两句，
不知为什么却哑口无声。
她有一搭无一搭地问：
他是否早就来到京城？
从哪儿来？是否从家乡来？
然后瞥了丈夫一眼，微露倦容，
便轻轻盈盈飘然离去……
只剩下奥涅金呆立不动。

二十

难道就是那个达吉雅娜？
在那遥远偏僻的乡间
在这部长篇小说开头
他曾有幸跟她单独会面，
怀着训诫的高尚激情
对她讲过守身的箴言；
直到如今他还保留着
那封倾吐心曲的信笺，
她写得那么坦白，率真……
那个少女……再不是梦中相见？
难道是那个平常的村姑？
他曾经冷落，看不上眼，
方才竟然这样对待他：

落落大方，十分冷淡。

二十一

他离开拥挤的晚会
驱车回家，思潮翻腾；
已经很晚又难于成眠，
做了个又悲又喜的梦。
翌日醒来，仆人送上请柬：
公爵举办晚会，特意邀请。
“天哪！去她家……一定去！
怎好辜负公爵的盛情。”
匆忙写好客气的回信。
他怎么了？该不是一场春梦？
在冰冷、怠惰的心灵深处
是什么感情蠢蠢欲动？
是懊悔？是虚荣心？还是
又有了青春的烦恼——爱情？

二十二

奥涅金又开始计算时间，
又焦灼地等待日落黄昏。
钟敲了十下，他乘上车
风驰电掣，转眼来到正门，
战战兢兢地向里走
前去晋见公爵夫人；
达吉雅娜独自坐在房里，
两人默默地相对了一阵。

奥涅金讷讷地说不出话，
局促不安，脸色阴沉，
对她的询问勉强作答。
一个固执的念头占据他的心，
他目不转睛地望着她，
她却从容自若，态度平稳。

二十三

丈夫走进来，总算打破
这一对一的沉闷局面；
他跟奥涅金共同回忆
少年时的顽皮和笑谈。
说笑间客人纷至沓来。
社交界刻薄俏皮的语言
使谈话变得津津有味；
当着女主人随便聊天，
毫无愚蠢的装腔作势，
常有明智的见解夹杂其间，
没有庸俗的题目、永恒真理，
更没有书呆子的古板，
轻松活泼，娓娓动听，
绝不令人觉得入耳不堪。

二十四

不过这里都是首都的精华，
名门贵胄，时髦的典范，
到处可以遇到的面孔，

也有必不可少的蠢汉；
这里有上年纪的妇人
戴帽簪花，凶恶的嘴脸；
这里有几位千金小姐
冷若冰霜，从无笑颜；
这里有位驻外公使
纵谈国政，滔滔不倦；
还有洒香水的白发老者
爱讲陈旧的笑料闲谈，
尽管讲得巧妙、俏皮，
如今只觉得滑稽不堪。①

二十五

这里有位爱挖苦的绅士
对一切都发泄不满：
不是女人乏味、男人俗气，
就是主人的红茶太甜，
对费解小说的各种议论、
对连年战争、对杂志上的谎言、
对两姊妹同时得到奖章、
对大雪和妻子，无不抱怨。②
…………

① 这一节之前原有两节被删掉，而这一节是1831年修改时重写的，所以口吻与前一章大不相同。——译者注

② 这个绅士据说是莫登伯爵，在朝中位居要津。当时鲍罗兹金将军亡故，遗有二女，选入宫中，得到褒奖，引起莫登不满。——译者注

二十六

这里有位普洛拉索夫①
以心地卑鄙著称于世，
爱在纪念册上乱涂鸦，圣普里②，
不知把你的画笔磨秃多少支；
门旁有位舞会的独裁者
像杂志上的画片装腔作势，
穿着瘦腿裤默默地站着，
红红的脸像复活节的天使③；
还有位偶然来的过客④
衣着考究，厚颜无耻，
摆出一副若有所思的姿势，
满座宾客无不哂之，
大家默默交换目光
就是对他最好的判词。

二十七

但是奥涅金整个晚上
只为达吉雅娜而神情恍惚，
当然他爱的不是钟情的少女，
那个胆怯可怜的普通村姑，
而是冷若冰霜的公爵夫人，

① 普洛拉索夫的意思是骗子，坏蛋，据说是影射艺术院院长奥列宁。第 3、4 行影射奥列宁的女儿安娜。普希金对安娜也曾一度钟情，写过献诗。——译者注

② 圣普里是混迹社交界的军官，擅长画讽刺画。——译者注

③ 复活节天使，指复活节前星期日在集市上卖的玩偶，做成天使状。——译者注

④ 过客，指英国人托马斯·莱克斯，1829 年曾出入于彼得堡社交界。——译者注

一位高不可攀的人物，
豪华富丽的涅瓦河女神。
啊！人们呀！你跟人类的始祖
年轻的夏娃一样糊涂：
对上天的赐予不知满足；
偏爱听从花蛇的引诱
去攀折那棵神秘树，
偏要尝尝树上的禁果，
不然身在天堂也不知福。

二十八

达吉雅娜真是判若两人！
她的角色演得多么熟练！
贵妇人的繁重礼节
她学得多快，多么自然！
谁曾想这位沙龙的女皇
雍容华贵，神态冷淡，
就是那个幼稚多情的少女？
而他曾激动过她的心弦！
为了他，在幽暗的深夜
当睡神还没飞来之前，
她曾抬起幽怨的明眸
望着明月情思绵绵，
心中暗想，有朝一日
同他白首偕老，共享天年。

二十九

人无老少都受爱情支配，

然而犹如春雨滋润万物，
热烈爱情的冲动
对少女的心最有益处：
纯洁的心在爱情里成长，
欣欣向荣，日渐成熟，
生命开出鲜艳的花朵
结出甜蜜的果实满树；
然而到了不结果的晚年，
如同我们，日已过午，
爱情的疮痍满目凄凉，
犹如寒秋的风凄雨苦，
使如茵的草地沦为泽国，
使葱翠的森林叶落枝枯。

三十

唉，毫无疑问，奥涅金
像孩子似的坠入情网，
他对达吉雅娜相思不已，
日日夜夜苦闷彷徨。
理智的责备他听不进去，
每天都乘车前去拜访
她家的正门和玻璃前厅，
像影子一样追逐不放；
如果能把蓬松的狐狸皮
恭恭敬敬给她披到肩上，
或替她拾起一块手绢，
或含情地碰碰她的肩膀，
或替她驱散成群的仆人，

便会感到幸福无上。

三十一

她对奥涅金不加理睬，
不管他怎样殷勤周旋。
在自己家她大大方方接待，
做客相遇也稍稍敷衍，
有时点点头便算了事，
有时装作根本没看见：
她毫不卖弄风情，
上流社会对风骚最讨厌。
奥涅金一天天脸色苍白，
不知她看不见还是不肯垂怜；
奥涅金眼见憔悴了许多，
险些得了痨病，瘦弱不堪。
大家都劝他去投名医，
名医劝他去饮饮矿泉。

三十二

他不肯去，却早就准备
写信告诉祖先快些会面；
达吉雅娜依然若无其事
（女人的心如铁石一般）；
而他固执得很，不肯罢手，
仍不死心，苦苦纠缠；
强打精神用病弱的手，
可措辞比健康人还大胆，

给公爵夫人写了封情书。
不管写多少封也是枉然，
这一点他心里明白；
但是内心的痛苦和思念
他再也无法忍受下去。
现将原信抄在下面：

奥涅金给达吉雅娜的信

可以料想，这可悲的秘密
一向您吐露，会惹您发火。
您那高傲的目光会露出
多么令人难堪的鄙薄！
我是何居心？为何种目的
要把心事和盘相托？
或许只会给您以口实，
您尽可以幸灾乐祸。

从前，偶然一度相逢，
看到您的春心初萌，
但我不敢信以为真，
不敢放纵自己的感情；
独身生活虽然可厌，
我却恋恋不舍，不忍牺牲。
接着连斯基不幸夭折……
使我们各奔西东……
凡是心中珍爱的一切
都毅然割舍，勉强忍痛；
落得孑然一身，无牵无挂，

我满以为自由和安宁
可以代替幸福。可是天哪！
铸成大错，受到严惩！

不，只要时时目睹芳容，
追随左右，不离形影，
用热恋的目光捕捉您
嘴角的微笑和眼波的流动，
久久地聆听您的娇音，
对您的完美神受心领，
在您面前神魂颠倒，
为您而憔悴……便有幸三生！

然而我没有那种福分，
为了找您我把京城跑遍；
每天每刻对我都非常珍贵：
命运安排的日子屈指可算，
我却在寂寞中胡乱打发掉。
人生竟成为沉重负担。
我知道：我活不了多久，
但是只要我还活一天，
我就一定要在早晨知道，
白天能够和您见面……

我怕您那严峻的目光
把我的谦卑心愿
当成卑鄙骗人的把戏——
我已听见您愤怒的责难。
但愿您能够知道，

我忍受着相思的熬煎，
尽力用理智控制感情，
平息热血的狂澜；
我多么想抱住您的双膝
哽哽咽咽，跪在您面前
倾吐我心中的积愫、
恳求、告白和怨言，
可表面上却若无其事，
言谈目光都故作冷淡，
满面堆笑地望着您！
不慌不忙，随便闲谈……
好了，我已无能为力，
如今只好这样决定：
我把自己交给您支配，
毫无怨尤，听天由命。

三十三

不见回信，他又写一封。
接二连三都杳无音讯。
有一次他去参加晚会
下了马车，刚刚进门……
见她迎面款款走来。
她的神情多么严峻！
不加理睬，不说一句话；
啊，她周身都寒气袭人！
固执的嘴唇咬得紧紧，
勉强压住心头的气愤：
奥涅金拿眼仔细打量：

哪有一点儿惶惑、怜悯?
哪有泪痕?……踪影皆无!
脸上只有怒容娇嗔……

三十四

也许还有一点点隐忧,
担心丈夫或社交界
会猜出她偶尔的软弱……
会猜出奥涅金所了解的一切……
毫无希望!他转身就走,
对自己的疯狂诅咒痛切,
却又陷进更深的疯狂,
又将社交界的来往断绝。
在寂静无声的书斋里
不禁想起从前时节:
在笑语喧哗的上流社会
忧郁症追逐他不肯稍歇,
终于一下子把他捉住,
关进角落,与世隔绝。

三十五

于是他又埋头读书,
不管什么吉本①、卢梭、

① 吉本(1737—1794)是英国历史学家,其代表作为《罗马帝国衰亡史》。——译者注

曼佐尼[1]、赫尔德[2]、尚福尔[3]、
斯塔尔夫人、毕夏[4]和蒂索[5]，
他还读过怀疑主义的培尔[6]
以及冯泰内勒[7]的著作，
也读过几本俄国作品，
见到就读，不加选择，
不管它是文集还是杂志；
杂志总好宣扬道德，
如今对我肆意谩骂[8]，
也有的杂志信口开河，
把我吹得天花乱坠，
先生们，我只好说：不错！

三十六

那又怎么样？眼睛看着书，
可思绪已经飞到天边；
种种幻想、希望和忧愁
纷纷扰扰涌上心间。
他用心灵的眼睛读书，

① 曼佐尼（1785—1873）是意大利浪漫主义作家，代表作为《约婚夫妇》。——译者注

② 赫尔德（1744—1803）是德国文艺理论家，著有德国文学史，编有题为《各族人民的声音》的民歌集。——译者注

③ 尚福尔（1741—1794）是法国作家，以语言警策闻名。——译者注

④ 毕夏（1771—1802）是法国医生，著有生理学和解剖学等著作。——译者注

⑤ 蒂索（1728—1797）是瑞士医生，著有医学通俗读物。——译者注

⑥ 培尔（1647—1706）是法国启蒙思想家，唯物主义者，对卢梭很有影响。——译者注

⑦ 冯泰内勒（1657—1757）是法国作家，主张怀疑论。——译者注

⑧ 当时俄国有些杂志，如《彼得堡观察家》《阿捷涅伊》《莫斯科电报》《欧洲通报》等，曾对《叶夫根尼·奥涅金》恶意攻击和嘲笑。——译者注

透过书本的字里行间
看到完全不同的字句，
引起他的兴味盎然。
这是对心灵深处的
模糊往事的秘密怀念，
这是些支离破碎的梦境，
有恐吓，有议论，有预言，
有娓娓动听的长篇童话，
有妙龄少女的传情书笺。

三十七

他读着读着，有些疲倦，
情思昏昏，神志茫然。
他的想象仿佛在打牌阵，
五花八门摆在眼前。
忽而看见化雪的地上
躺着一位翩翩少年，
好像睡熟了，一动不动。
“看什么，死了！”余音宛然；
忽而看见已忘却的仇人
胆小如鼠，好播弄谣言，
还有一群负心女郎，
还有一些同道卑鄙阴险；
忽而看见一座乡间房舍——
又是她！总是她坐在窗前……

三十八

他已习惯于神魂颠倒，

差一点儿没变成疯子，
或差一点儿没变成诗人。
老实说，那倒未必是好事！
说真的，我这位糊涂学生，
借助于催眠术的暗示
开始研究俄文诗的结构，
只差一点儿没学会写诗。
他那副神情倒像个诗人，
坐在角落里，形单影只，
面前的壁炉火光熊熊，
嘴里不住哼着歌词：
“幸福啊”或“我的偶像”①，
一边往火里扔拖鞋或杂志。

三十九

日子一天天飞快地过去，
天气转暖，快要过完寒冬；
奥涅金没有变成诗人，
没有死掉，也没有发疯。
他像土拨鼠从蛰居中醒来，
春天又使他死而复生；
在一个风和日丽的早晨
终于走出过冬的穴洞，
离开双层玻璃窗和壁炉，
坐上雪橇在涅瓦河上兜风。
灿烂的阳光照在冰上，

① “幸福啊”是威尼斯船夫曲的开头。“我的偶像”是意大利作曲家加布西写的二重唱，当时很流行。——译者注

蔚蓝的河冰布满裂缝；
街上的积雪开始融化，
泥泞不堪，车辙纵横。

四十

奥涅金匆匆忙忙往哪去？
您早已猜到；正是这般：
这个不可救药的怪人
又找达吉雅娜寻求会面。
他像幽魂似的走进门，
前厅一个人影也看不见。
走进客厅依然阒无人迹，
又往前走，推开门扇。
是什么景象使他发呆？
公爵夫人独自待在房间，
没梳洗打扮，脸色苍白，
坐在那里把书信翻看，
她一只手托着香腮，
悄悄哭泣，热泪涟涟。

四十一

啊，在这一瞬间谁看不出
她无言的痛苦，柔肠寸断！
在公爵夫人身上谁认不出
从前的达妮亚软弱可怜！
奥涅金怀着发疯的悔恨，
痛苦万状，跪在她足前；

她只轻轻地颤抖一下，
望着奥涅金默默无言，
既不诧异，也不生气……
他两眼无神，病容恹恹，
恳求的神态，无声的责备，
她都看在眼里，一目了然。
怀着往日的梦想和痴情的
天真少女如今又重新出现。

四十二

她没有去扶他起来，
只是望着他，目光炯炯，
也没抽回失却知觉的手，
离开他那贪婪的双唇……
此时此刻她想的是什么？……
经过一阵长时间的沉吟，
她终于开口，轻声说：
“好了，请起来吧，奥涅金。
我应该跟您开诚相见。
您可记得从前那个时辰，
在我家花园，在林荫路上
我恭听过您的一篇教训？
那是命运使我们相遇。
今天轮到我来开导您。

四十三

奥涅金，那时候我年轻，

而且似乎比现在更漂亮，
当时我对您一片痴情，
可在您心中得到什么反响？
只不过是冷酷无情而已。
当然平常少女的儿女情长
对您说来毫不足奇。
上帝啊！那篇教训、那冷冷的目光
至今回想起来也叫人心寒……
但我对您不想加以责让：
当时在那个可怕的时刻
您的行为堪称高尚，
您在我面前毫无过错；
我对您只有没齿不忘……

四十四

那时候在那偏远的乡村，
远离世人的喋喋众口，
不是吗？我未曾承蒙错爱……
如今您为何苦苦追求？
为何我又成为您追逐的目标？
是否由于我为了应酬
不得不在社交界抛头露面？
因为我家显赫而富有？
因为我丈夫作战负伤①，
宫廷宠幸而厕身名流？
是否因为我一旦失足，

① 作战负伤，应指1812年卫国战争，按年龄推算只比奥涅金大两岁左右。歌剧《叶夫根尼·奥涅金》把公爵扮成老者。——译者注

便尽人皆知，议论不休，
使您在上流社会赢得
偷香窃玉的美名风流？

四十五

我哭了……如果直到如今
您还不把从前的达妮亚忘记，
那么您要知道：您从前那种
尖刻的责骂、冷言冷语，
如果能让我来选择的话，
胜似这令人难堪的情欲，
胜似这些眼泪和情书。
那时候对我幼小的年纪，
对我天真无邪的梦想，
您至少还有一点点怜惜……
可如今——是什么感情
使您跪在这里？卑微之极！
难道以您的情操和理智
竟然成为低级感情的奴隶？

四十六

在我看来，奥涅金，这富丽堂皇、
这可厌生活的金碧辉煌、
我在这热闹社交界的成功、
这些晚会和新式楼房
算得了什么？我情愿抛却
这假面舞会的破烂衣裳、

这豪华、这热闹和纸醉金迷
去换取满架诗书和故园荒凉，
和我家那间简陋的小屋，
和我们初次会面的地方，
和那座平平常常的坟丘，
那里埋葬着我可怜的奶娘，
如今坟头只有一个十字架
和几株老松，郁郁苍苍……

四十七

而当时幸福就在我们眼前，
本来可以结成美满婚姻！……
如今我的命运已经决定，
可能我做得不够审慎。
但是老母整天抹泪，
苦苦哀求，又怎能不允？
对可怜的达妮亚怎么安排
还不都是一样，于是我嫁了人。
我求求您不要再纠缠我。
我知道您富有自尊心，
为人正直，光明磊落。
（何必说假话？）我至今爱您，
但是我既然嫁了别人，
就要对他一世忠贞。”

四十八

她走了。奥涅金站在那里

好像被雷击中了一般，
现在他真是百感交集
好像暴风雨在心头滚翻！
突然传来一阵马刺声，
达吉雅娜的丈夫出现在眼前。
亲爱的读者，让我们在这里
在主人公倒运的刹那间
跟他从此长久地分手……
也许永远不会见面。
我们跟他长途跋涉，
走遍天涯，路途漫漫，
如今大功告成，可以拱手相庆，
也许（不是吗?）早就应该写完。

四十九

我的读者，不论你是谁，
是友是敌，我都说声再见！
让我们友好地分手。
这些匆匆草就的诗篇
不论你想从中寻找什么，
是往事的回忆，令人心酸，
还是一天辛劳，需要休息，
寻找俏皮的语句、生动的画面，
甚至想挑出语法错误，
上帝保佑你都能找到一点；
可以使你驰骋想象，
陶冶性情，或供你消遣，
甚至帮助你打笔墨官司。

让我们从此分手，再见！

五十

再见吧，我奇怪的旅伴①，
再见吧，我忠实的理想②，
再见吧，我这长期的劳作，
虽微不足道，却灵感昂扬。
我跟你尝尽了诗人的甘苦：
将社交的疯狂生活遗忘，
甘与老友津津有味地谈心。
自从达吉雅娜——年轻姑娘，
跟她一起的奥涅金，
第一次出现在我的梦想，
不知逝去了多少岁月。
当时透过水晶③的魔光
这篇自由体小说的结局
还看不清楚，一片渺茫。

五十一

回想当初与好友相逢，
我曾朗诵过头几章……

① “旅伴”指奥涅金。——译者注
② “理想”指达吉雅娜。——译者注
③ “水晶”指占卜用的玻璃球，据说透过玻璃球可以看到自己的命运。——译者注

如今正像萨迪[1]所说，
有的不在人世，有的流落远方。
《奥涅金》写完，旧人已星散。
而那袅袅婷婷的女郎——
我的达吉雅娜的模特[2]……
啊！命运这般摧残春光！
谁能早日离开人生的筵席，
杯中苦酒不肯一举尽觞，
不把人生的长篇读完，
突然把它抛在一旁，
就像我跟奥涅金分手一样，
这样的人才算得有福会享。

---

① 萨迪（约1208—1292）是波斯诗人，代表作为《蔷薇园》。据考证，这个诗句并非萨迪原意，而是爱尔兰诗人穆尔（1779—1852）的误译。萨迪原意是：“有许多跟我们一样的人，曾在这个泉边休息。他们转瞬之间就继续向前走去。”穆尔在《拉腊·路克》里把“转瞬”译成“合眼”，把一群人分成两类。普希金在这里借用它，表示对好友十二月党人的怀念。这句诗还曾用作《巴赫奇宫的喷泉》的题词。——译者注

② 关于达吉雅娜的原型，众说纷纭，可能不止一人。除上面提到的娜·科楚别，还有：安娜·武尔弗、安·凯恩、叶·沃隆佐娃、玛·拉耶夫斯卡亚－沃尔康斯卡亚、娜·冯维辛娜。这些人都曾跟诗人有过爱情纠葛，而其中以冯维辛娜（本姓阿普赫金娜）的遭遇更接近达吉雅娜。——译者注

奥涅金的旅行
(片段)

《叶夫根尼·奥涅金》的最后一章是单独发表的，曾冠以如下一段序言：

“被删去的诗节曾不止一次地引起人们的责难和嘲笑（不过倒也公正和俏皮）。作者愿意坦率承认，他从这部长篇小说删去整整一章，其中描写的是奥涅金到俄国各地的旅行。本来可以用删节号或数字来标明被删掉的这一章，但是为了避免非议，决意将《叶夫根尼·奥涅金》最后一章从原来的第九改为第八，并将结尾部分的一个诗节删去，即：

是时候了：笔要休息，
我已经写完了九章，
九级浪把我的小舟
送到快乐的岸上
我赞美你们，九位诗神，等等。”

卡杰宁（既是一位卓越的天才诗人，同时又是一位有眼力的批评家）向我们指出，这种删节对读者可能方便，对全书的结构却有所损害，因为这样一来，达吉雅娜从一个乡村小姐变成高贵妇人的过程显得突然，没有解释清楚。这个意见说明批评者是位富有经验的艺术家。作者也感到这个意见非常正确，但是决定删掉这一章的原因是为了作者本人，并非为了读者。有些片段已经刊印过，我们附在这里，并补充一些诗节。

叶夫根尼·奥涅金离开莫斯科，去下诺夫哥罗德：

……在他面前
马卡里耶夫集市忙忙碌碌，
货物堆积如山。
印度人运来了珍珠，
欧洲人运来了冒牌的果酒，
养马场的场主从草原赶来
一群被挑剩的马匹，
赌徒带来自己的扑克牌
和一把得心应手的骰子，
地主带来成年的女儿，
女儿带来过时的服装。
人人忙活，自卖自夸，
到处一片讨价还价的气氛。

*

苦闷呀！……

奥涅金去阿斯特拉罕，又从那里去高加索。

他看见桀骜不驯的捷列克河
冲刷着陡峭的两岸；
他看见雄鹰在翱翔，
鹿低着头伫立不动；
骆驼躺在悬崖的阴影里，

契尔克斯人的马在草场上奔跑，
在卡尔梅克人帐篷旁边
放牧着羊群，
远处是高加索的层峦叠嶂。
那里已开通了道路。
战争越过自然界限
和可怕的天险；
阿拉格瓦河和库拉河沿岸
搭起俄国人的帐篷。

*

尖尖的别什陶峰
和郁郁葱葱的马舒克峰
屹立在群山环绕之中。
别什陶峰是荒漠的永恒守卫者，
马舒克峰供给治病的泉水。
在它那一条条神奇的小溪旁
聚集着一群面色苍白的病人；
有的在战场上光荣负伤，
有的患痔疮，有的闹失恋；
受苦者想在奇妙的水波里
把生命的线系牢，
风流女郎想把不幸岁月的委屈
沉入水底，而老年人
想返老还童，一瞬间也好。

*

奥涅金怀着痛苦的沉思

身处愁苦的人群之中，
一边用悔恨的目光
望着热气腾腾的水流，
一边满怀怅惘地想：
为什么子弹没有打中我的胸膛？
为什么我不像这个包税商
也成为一个衰弱的老人？
为什么我不像这个图拉的陪审员
全身瘫痪，不能动弹？
为什么我连肩痛风都没有？
啊，造物的主哇！
我年轻力壮，血气方刚，
我期待的是什么？苦闷呀，苦闷！……

接着奥涅金来到多利达：

这是发人幽思的地方：
在那里皮拉德与阿特里德争着去死①，
在那里密特里达提自刎身亡②，
在那里密茨凯维奇③获得灵感，
在海边的峰峦中吟哦，
怀念他的立陶宛故国。

① 源于希腊神话故事：阿特里德杀死母亲，同表兄弟皮拉德一起逃到多利达，被捕获后，其中一人应成为多利达的阿泰密斯神的供品。两人争着死，后遇救。——译者注

② 密特里达提（公元前2世纪—前1世纪）是博斯波尔国王，同罗马作战失败，自刎于今刻赤市。——译者注

③ 密茨凯维奇（1798—1855）是波兰著名诗人，曾漫游克里米亚，写有《克里米亚十四行诗集》。立陶宛曾是幅员广大的古国，包括现今波兰和立陶宛等地的疆域，所以波兰人认为立陶宛是他们的故国。——译者注

*

啊！多利达海岸，
当我趁着启明星的星光
第一次从船上看到你的时候，
你的风光多么秀丽；
你像婚礼一样光彩夺目：
在那蔚蓝透明的天空中
你巍峨的群山闪烁光辉，
山谷、树木和村庄构成一幅画面，
平展展地铺在我面前。
在那里鞑靼人的茅屋中间……
一种强烈的热情在我心中苏醒了！
一种令人陶醉的苦闷
又充塞我火热的胸臆！
但是诗神，忘掉过去吧！

*

不论从前我有过什么样的感情，
如今都毫无踪影：
它们消失了，或者起了变化……
往日的烦恼，但愿你们得到安静！
当时我仿佛觉得需要
幽静的山林、珍珠般的浪花、
大海的涛声、层峦叠嶂、
理想的高傲女郎
和心中无名的痛苦……

另一样岁月，另一样梦想；
青春时代海阔天空的幻想，
你们已经平静了，
于是我在诗的酒杯里
掺进了许多水。

*

如今我需要另一种景色：
我爱上了黄沙漫漫的山坡、
小木房前的两株花楸树、
栅门、倒塌的栅栏、
空中飘过的几块乌云、
场院前的一垛垛干草
和垂柳浓荫下的一泓池水、
一群小鸭的任意嬉戏。
如今我爱到酒店门前
听三弦琴的琴声
和带醉意的特列帕克舞的跺脚声。
如今我的理想是找个主妇，
我的愿望是得到安宁、
“一瓦罐菜汤和自己说了算”。

*

不久之前的一个星期天
我顺便去看看牲口圈……
呸！都是毫无诗意的胡扯，

佛兰德斯派①的杂乱垃圾!
巴赫奇宫喷泉，请告诉我，
我年轻的时候可是这样?
当我默默站在你面前
想象着扎列玛②的形象，
你那绵绵不绝的滴水声
在我脑海里唤起的可是这样的思想?
在我来过的三年之后
奥涅金到处漫游，也来到这个地方，
在那空廓华丽的大厅里
把我怀念。

*

当时我住在尘土飞扬的敖德萨……
那里经常是天空晴朗，
那里贸易兴隆，
各国商船匆忙升起船帆;
那里一切都散发着欧洲气息，
那里一切都闪耀着南国光辉，
一切都五彩缤纷，生气勃勃。
在热闹的大街上到处可以听到
金色意大利的语言。
街上来来往往的是高傲的斯拉夫人、
法国人、西班牙人、亚美尼亚人、
希腊人和肥胖的摩尔达维亚人,

① 佛兰德斯派流行于16—18世纪，擅长描绘生活画面，以写实细腻见长，代表人物有鲁本斯、凡·戴克等。——译者注

② 扎列玛是普希金长诗《巴赫奇宫的喷泉》的女主人公。——译者注

还有埃及土地的子孙
和洗手不干的海盗摩尔人阿里。

*

我们的朋友图曼斯基①
曾用铿锵的诗句描绘过敖德萨，
不过他那时是用偏爱的眼光
观察敖德萨的风景。
他一来到此地便以诗人气派
一个人跑到海边漫步，
用长柄眼镜瞭望大海，
然后用那支生花妙笔
歌颂敖德萨花园。
诗写得妙极了，可惜
周围是一片光秃秃的草原；
直到不久之前才花费劳力
在街上种植一些小树
在炎炎夏日投下少许人工的阴影。

*

可我这拉杂的故事扯到哪儿去了？
方才我说：在尘土飞扬的敖德萨。
如果我说：在泥泞不堪的敖德萨，
老实说，我一点儿也没扯谎。
遵照脾气暴躁的宙斯的旨意，

① 图曼斯基（1802—1860）是俄国诗人，普希金在敖德萨的同事。——译者注

敖德萨一年有五六周
暴雨成灾，泛滥成河，
城市淹没在浑浊的泥浆里。
所有的房屋都被淹没两尺，
过路行人要踩着高跷
战战兢兢地在街上蹚河；
篷车和行人常常被陷住，
连轻便马车也要卸下瘦马，
换上犍牛低着犄角拼命拉。

*

但是铁锤已在敲打石头，
不要多久得救的城市
便会像铺上铁甲一样
铺上蹄声嘚嘚的石道。
不过在这潮湿的敖德萨
还有一个重要的缺陷：
你猜是什么？缺水。
吃水要花费艰苦的劳动……
这有什么？算不了什么大不幸，
尤其是这座城市享有特权，
进口酒可以豁免关税。
可是南方的骄阳，可是大海……
您还要怎么样，朋友？
这里简直是人间天堂！

*

常常，当船上的晨炮

刚刚宣布黎明的降临，
我便从陡峭的崖岸跑下去
到大海里游泳。
咸的海水使我精神焕发，
然后坐下来抽一袋烟，
喝一杯东方的浓咖啡，
俨然穆斯林在天堂里享福。
接着出去散散步。
好客的娱乐场已开张，
只听里面杯盘叮当响；
台球房睡眼惺忪的看台人
手拿着笤帚走到阳台上，
可门前已来了两个商人。

*

看吧，广场上五彩缤纷，
一切都变得活跃起来；
不管忙人闲人都匆忙奔跑，
不过大部分都忙着去办事。
商人巧于算计又敢于冒险，
忙着到海边看看旗帜的颜色，
打听一下老天是否保佑
他们熟悉的船帆平安到达。
如今有什么新来的商品
被送进了检疫站？
盼望已久的名酒是否运到？
瘟疫怎样了？哪里失了火？
有没有关于饥饿、战争

以及诸如此类的消息？

*

但在心事重重的商人中
我们却是无忧无虑的一群，
我们只是焦急地盼望
从土耳其海岸运来的牡蛎。
牡蛎怎么样？运到了！好极了！
于是饕餮的年轻人跑去尝新，
他们从大海的贝壳里
挖出肥美新鲜的蛎黄，
只在上面洒点儿柠檬汁。
听，旅馆里一片笑闹和争吵，
殷勤的奥顿老板把地窖的甜酒
一瓶瓶地摆到桌上；
时间在流逝；不知不觉
账单上的数目大得吓人。

*

但是蓝色的黄昏越来越黑，
我们得赶快赶到歌剧院：
在那里令人陶醉的罗西尼①，
欧洲的宠儿，堪与奥尔甫斯②媲美。
他从来不管严厉的批评，

① 罗西尼（1792—1868）是意大利著名作曲家。——译者注

② 奥尔甫斯是希腊神话中的歌手，据说他的歌声可以使野兽驯服，木石变活。——译者注

总是保持本色，总是别出心裁，
他发出乐声——乐声沸腾，
乐声在奔流，乐声在燃烧，
有如年轻恋人的吻，
充满柔情蜜意和爱的火焰，
有如哧哧冒沫的阿伊酒
倾注的清流和金色酒花……
可是先生们，能否允许
把哆、来、咪跟名酒相比？

*

可那里只有音乐迷人吗？
还有可以到处搜索的长柄眼镜呢？
还有后台的约会呢？
还有歌剧的女主角呢？还有芭蕾呢？
还有包厢呢？里面坐着富商的少妇①，
身边围着一大群崇拜者，
她的姿色多么妍丽，
态度多么尊贵，又多么温情脉脉。
无论台上的歌剧、崇拜者的恳求，
还是半带谄媚的笑话……
她都仿佛听，又仿佛当耳旁风。
她丈夫正坐在后面的角落里打盹。
他忽而在睡梦中高喊："再来一个！"
打个哈欠，然后又鼾声雷动。

① "富商的少妇"指阿玛莉亚·里兹尼奇。参看第六章第16节注①。——译者注

*

尾声的乐曲轰鸣；剧场已空；
散场的忙碌和嘈杂混成一片；
人群在街灯和星光的照耀下
纷纷涌向广场。
幸福的意大利子孙
轻轻哼着快乐的曲调，
而我们无意中记住了道白，
便也大声朗诵起来。
但夜深了，敖德萨已入梦，
静悄悄的夜温暖而安静。
月亮升高了，
一层透明的轻纱笼罩着天空。
一切都沉默了，
只有黑海仍然发出涛声。

*

是的，我当时住在敖德萨……

第十章（残篇）[1]

一

一个懦弱而狡猾的统治者、
讲究穿戴的秃子、仇视劳动的懒虫，
由于侥幸而得到光荣，
当时骑在我们头上作威作福。[2]
…………

二

原来我们以为他很谦和，
那时候在波拿巴帐篷旁边
法国人的厨师
拔掉了双头鹰[3]的毛。

---

① 据诗人的原稿记载：1830 年“10 月 19 日烧毁了第十章”，但实际上并未全部烧掉。诗人把每个诗节的主要四行诗按一定次序同其他诗节的诗句穿插起来，这样做是为了躲避宪兵搜查。直到 1910 年俄国普学家（即普希金学研究家）莫罗佐夫偶然发现这个秘密，不过目前只找到 17 节，其中有一节被认为是诗人不要的草稿。——译者注

② 这里指亚历山大一世，第三句指 1812 年打败拿破仑。——译者注

③ 双头鹰是帝俄的国徽。这四行诗是说 1805—1807 年亚历山大一世被拿破仑打败了。——译者注

三

1812年的战祸来到了，
是谁帮助了我们？
是人民的愤怒？是巴克莱？
是严寒的冬天？还是俄国的上帝？①
…………

四

但上帝帮了忙，怨声少了，
不久由于机缘巧合
我们来到巴黎，
于是俄国沙皇成为各国皇帝的领袖。②
…………

五

吃得越胖，变得越重。③
啊！愚昧的俄国人民，
请告诉我，你们为什么
…………

---

① 巴克莱是1812年卫国战争初期的俄军总司令，普希金认为他当时决定全线退却的战略是正确的，但他却因此而撤职，受到不公正的评价。“俄国的上帝”是说当时俄国缺乏战争准备，只是靠运气、靠严冬打败了法国人。——译者注

② 1814年3月19日，俄军同各国联军占领巴黎，亚历山大一世成为神圣同盟的领袖。——译者注

③ 第一句是双关语，意思是说亚历山大一世吃得越胖，人民负担越重。——译者注

六

“也许”正是人民的通病
我本想为你写一篇颂诗，
但是出身高贵的蹩脚诗人①
早已赶在我的前面
…………
阿尔比翁得到了大海
…………

七

也许伪君子会忘记收租，
跑到修道院隐居起来，
也许按照尼古拉的旨意
西伯利亚会让他们返回家园
…………
也许会把道路给我们修好②

八

这个幸运儿曾转战南北，
各国皇帝都对他卑躬屈膝，

① “蹩脚诗人”指多尔戈鲁科夫公爵，他曾写过一首以“也许”为题的诙谐诗。——译者注

② 据考证，伪君子可能并非专指某人，“收租”影射反动政客 Ц. П. 马格尼茨基的巧取豪夺。而“跑到修道院”则指教育部长戈里曾的皈依宗教。第三、四句写诗人一直指望尼古拉一世会特赦流放到西伯利亚的十二月党人。——译者注

这个受教皇加冕的骑士，
像黎明的暗影一样消失了，
…………
终于受到闲置的惩罚①
…………

九

比利牛斯山山摇地动，
那坡利的火山大火熊熊，
一只胳膊的公爵从基希尼约夫
向莫雷亚的朋友发出信号。
…………
短剑 Л……阴影 Б②
…………

十

“我率领我的人民可以制服一切人！”
我们的沙皇在会上宣布，
你根本没人理睬，
你这个亚历山大的奴仆③
…………

---

① 这一节写拿破仑的好战和最后被流放到圣爱伦岛。——译者注

② 这一节写欧洲革命：1820 年 1 月西班牙起义，1820 年 7 月意大利烧炭党发动革命，1821 年 3 月希腊起义开始。领导希腊起义的就是一只胳膊的公爵易普息兰梯（1783—1828）。莫雷亚是希腊半岛南端的名称。——译者注

③ 前两句指亚历山大一世在神圣同盟的反革命会议上许愿帮助欧洲各国反动派镇压革命。最后一句的“奴仆”指阿拉克切耶夫。——译者注

十一

巨人彼得的少年团①，
后来变成胡子兵的队伍，
他们把暴君出卖给
一群狂暴的刽子手。
…………

十二

俄罗斯又驯服了，
于是沙皇又开始作威作福，
但是另一个火种的火花
或许早已经……②
…………

十三

他们有自己的集会，
他们喝上一杯甜酒，
他们喝上一盏俄国烧酒③
…………

① 少年团是彼得一世少年时建立的，后改编为谢苗诺夫近卫团，曾参与谋杀保罗一世的活动（1801 年 3 月 11 日），于 1820 年 10 月发动暴动。——译者注

② 这一节及以后几节叙述 19 世纪俄国开始出现革命的秘密结社，是为十二月党人的前身。——译者注

③ 这里指十二月党人的集会。据说雷列耶夫举行早餐聚会只吃黑面包、洋白菜，喝俄国烧酒。——译者注

十四

这个大家庭的成员经常聚会，
或在不知安生的尼基塔家，
或在小心谨慎的伊利亚家，
他们以发表激烈讲演而闻名。①
…………

十五

卢宁是战神、酒神和爱神的朋友，
他在会上大胆提出
自己的果断措施，
并神采焕发地喃喃自语。
普希金朗诵他的圣诞歌，
神情忧郁的雅库什金
好像默默地亮出
刺杀沙皇的匕首。
跛脚的屠格涅夫倾听他们讲话，
他心目中只有一个俄罗斯，
并努力追求自己的理想。
他最仇恨奴隶主的鞭子，
并预见到这群贵族

① “尼基塔”指尼·穆拉维约夫，十二月党人北社的骨干；“伊利亚”指伊·多尔戈鲁科夫，他参加过十二月党人的活动，后来退出；“激烈讲演”指革命言论。——译者注

将成为农奴的解放者。①

十六

这是在冰封的涅瓦河畔，
而在南方情况大不一样。
那里春天来得早，
来到绿荫匝地的卡缅卡
和图尔琴的群山中。
维特根什泰因的队伍
驻扎在第聂伯河冲刷的平川
和布格草原上。
在那里佩斯杰尔为对付暴君们
冷静的将军
在招募军队，
穆拉维约夫富有胆识和精力，
不住地催促他
要加速爆发时刻的到来。②

十七

开头这些密谋不过是
喝拉菲特和克利口之间的

① 这里描写的是1817—1820年间十二月党人的集会。卢宁是近卫军军官，曾建议暗杀亚历山大一世。雅库什金自告奋勇承担这一暗杀任务。尼古拉·屠格涅夫最积极主张解放农奴。——译者注

② 这一节描写南社活动情况：图尔琴和卡缅卡是南社活动中心，而维特根什泰因的第二军驻扎在乌克兰，酝酿举行武装起义，所以说跟北方的情况“大不一样”。佩斯杰尔是南社的主要领导人，起义失败后被绞死。这里的“穆拉维约夫”指穆拉维约夫－阿波斯托尔，也是南社领袖，后被绞死。“冷静的将军”指尤什涅夫斯基，在第二军中任职，也是领导人之一。——译者注

友好闲谈，
反叛的科学
并没有深入人心，
这一切不过是出于无聊，
由于年轻人的头脑无处可用，
不过是成年调皮鬼的游戏。
似乎……
枢纽和枢纽相连……
一个秘密的网渐渐地
俄国……
我们的沙皇在打盹……①

① 这一节原无标号，所以有人认为是诗人抛弃的草稿，但内容重要。“拉菲特和克利口”是酒名；“调皮鬼”指具有反政府倾向的人；“沙皇打盹”指亚历山大一世得知十二月党人秘密结社的情况时并没有过问。——译者注